U0854058

雀鹰号的远航

[英] 娜塔莎·法兰特　著
余海伦　译

中信出版集团 | 北京

图书在版编目（CIP）数据

雀鹰号的远航 / (英) 娜塔莎·法兰特著 ; 余海伦译 . -- 北京 : 中信出版社 , 2022.1

书名原文 : VOYAGE OF THE SPARROWHAWK

ISBN 978-7-5217-3832-2

Ⅰ . ①雀… Ⅱ . ①娜… ②余… Ⅲ . ①儿童小说—短篇小说—英国—现代 Ⅳ . ① I561.84

中国版本图书馆 CIP 数据核字 (2021) 第 246094 号

VOYAGE OF THE SPARROWHAWK by Natasha Farrant First published in 2020
by Faber & Faber Limited
Bloomsbury House,
74-77 Great Russell Street,
London WC1B 3DA
All rights reserved
Text © Natasha Farrant, 2020 Published by arrangement with Big Apple Agency, Inc.
Simplified Chinese translation copyright © 2022 by CITIC Press Corporation
ALL RIGHTS RESERVED
本书仅限中国大陆地区发行销售

雀鹰号的远航

著　　者：[英]娜塔莎·法兰特
译　　者：余海伦
出版发行：中信出版集团股份有限公司
（北京市朝阳区惠新东街甲4号富盛大厦2座　邮编　100029）
承 印 者：北京中科印刷有限公司

开　　本：880mm × 1230mm　1/32　　印　　张：8.5　　字　　数：190千字
版　　次：2022年1月第1版　　印　　次：2022年1月第1次印刷
京权图字：01-2021-6279
书　　号：ISBN 978-7-5217-3832-2
定　　价：39.80元

版权所有 · 侵权必究
如有印刷、装订问题，本公司负责调换。
服务热线：400-600-8099
投稿邮箱：author@citicpub.com

献给简、埃莉诺、玛蒂尔达和朱莉娅，

同时纪念最棒的吉娃娃——多比。

引子　本

很久以前，有个叫本的男孩。他住在一个灰色的大镇子边缘的一个灰色的大孤儿院里，那里的孤儿吃着灰色的食物，穿着灰色的衣服。即使在冬天，他们也光着脚。这虽然很悲惨，但也是幸运的。因为如果本穿着鞋子的话，这本书里面的大部分故事可能就不会发生了。

每个星期天，孤儿们都被迫沿着运河走很长一段路。在本四岁那年的一个星期天，他们在运河边走时，本的脚被一块玻璃划破了。他在纤道①中间停下，哭了起来。此时你可能以为其他孤儿会为他停下脚步，但孤儿院对迟到有着严格的惩罚规定，大家害怕惹上麻烦，因此他们只是继续往前走，把本孤身一人抛在身后——除了萨姆。

萨姆十一岁，他结实得就像靴子（尽管他没有）一样。他一点儿也不在乎麻烦。事实上，孤儿院的管理员说，大多数时候，萨姆就是个麻烦。

“别哭了，让我看看你的脚。”他命令道。本对萨姆极

① 纤道：江河一侧或两侧供纤夫拉纤用的路。——编者注

为敬畏，他照做了。

“我要把玻璃拔出来了。”萨姆说，“你怕不怕？”

“不怕。”本说。可他痛得嗷嗷大叫。

萨姆咧嘴笑了。他扔掉玻璃，蹲下来让本爬到他的背上。

“跳上来！”

他们来到运河的拐弯处。一艘新的窄船[①]已经抵达，船舱里坐着一个男人，他正在木制的酒吧招牌上画一只狮子。萨姆停下来观看，本从他的背上滑下来，跳到河边。

这是一艘红绿相间的船。在一块猩红色的镶板上，它的名字“雀鹰号”被涂成了金色。名字上方有一只猛禽在飞翔，它强壮而优雅，橙色的眼睛闪闪发光，蓝灰色的翅膀伸展开来。本伸手去摸它。

“小心别掉下去了，”那个男人说，“你的脚怎么了？”

这个人叫内森·兰顿。他拄着拐杖，留着胡子，戴着一顶软毡帽，他还有一只叫贝西的经常放屁的老狗。他清洁好本的脚，给他包扎好伤口，然后给孩子们倒了茶，还让本玩他的颜料，让萨姆参观他的船。

孩子们离开之后，内森在运河边上坐了很久，想了很多。

---

① 窄船：英国运河一般较狭窄，通行的是一种宽七英尺以下的运河船，这种船被称为“窄船”。——编者注

第二天，他去孤儿院，给两个男孩带了一盒颜料。他看到萨姆因为迟到被揍得鼻青脸肿，本脚上的绷带也脱落了。

他回到他的船上，又想了更多。

自从他的腿在雀鹰号和船坞码头之间被夹断之后，内森就靠绘画谋生。商店招牌、酒吧招牌、花盆……任何人们想画的东西，内森都会画。天气好的时候，他在外面的货舱工作。下雨的时候，他就在船舱里工作。

“改变一下也无妨。”他喃喃自语道。

他先给货舱搭了一个斜屋顶，在上面开了两扇窗户，然后在小小的前甲板上装了一扇门，在舱内铺了一层地板。他还做了一张大床，下面有几个抽屉，用来收纳他的衣服；一个书架，用来放他收藏的狄更斯的小说；几个架子，用来摆他的锅和刷子。最后他架起炉，支起画架。

这是内森第一次住上这么漂亮的房间，他很喜欢它。

在打造完工作室之后，内森开始打造船舱。在完工之后，他去购了物。然后他到孤儿院去找那两个孩子。

在本和萨姆第一次拜访雀鹰号一个月后，他们又回来了，并把它称作家。在船舱里，他们发现了靴子，穿起来软软的，大小基本合适，还有配套的袜子、暖和的毛衣、裤子和夹克。最棒的是，他们拥有了各自的床铺，它们并列地搭在墙上，萨姆的床在上面，本的床在下面。内森把他们的名字分别写在木板上，挂在他们的枕头上方，还在木板上给他们每个人画了一只鸟——萨姆的是一只灵巧的翠鸟，本的是一只脚上缠着绷带的知更鸟。

“现在你的脚好多了，如果你想改的话，我们可以改一下。”内森说。但是本很喜欢知更鸟，就像他喜欢雀鹰号一样。

萨姆长着雀斑，一头淡黄色的头发，满脸的淘气。本是黑头发，有着一双灰色的大眼睛，笑起来恬淡从容，缓缓绽放的笑容里，满见腼腆害羞。这两个男孩子截然不同，但他们像亲兄弟一样相亲相爱。随着雀鹰号在晨曦中驶出镇子，本紧紧地抱着贝西，他感到自己的心脏膨胀得要爆裂了。

洛蒂

大约在内森收养了萨姆和本四年后，在更南边的大巴顿小镇附近，一男一女开着一辆时髦的跑车停在他们乡村庄园的门口。

“我们应该留下来。”女人说。

“亲爱的，”她的丈夫回答道，“你看天空！”

他们的名字是泰奥菲勒·圣雷米和伊泽贝尔·圣雷米，他们要去机场，准备乘坐飞机。泰奥菲勒是法国人，皮肤黝黑，有一头狂野的卷发，棕色的眼睛炯炯有神。伊泽贝尔是英国人，皮肤白皙，奶油般的肌肤散发着玫瑰的香味。他们俩就像童话故事里的人，善良有爱，美丽富有。他们还幸运地拥有一个讨人喜爱的八岁女儿，叫洛蒂。她有着爸爸野性的头发和冲动的性格，以及妈妈蓝色的眼睛和善良的秉性。一想到洛蒂，伊泽贝尔犹豫了。洛蒂很想坐飞机，但是她却因为感冒流鼻涕而卧床不起，由仆人和一只名叫维多利亚女王的老猫照顾着。

“她真的很失落。”伊泽贝尔在车里说，“等她好些了我们再一起去吧。”

泰奥菲勒迟疑了。他也不愿意离开洛蒂，但他又看了看蓝蓝的天空。

“今天是个适合飞行的好日子呢……”

于是他们出发了。但可怕的事情发生了……就像“本的鞋子”一样，如果他们当初留下来，就不会有后面的故事了。

人们说，这场风暴不知从何而来。这真是愚蠢。当在高压包围下的低压中心不断壮大，风暴就产生了。它并不是毫无来由的。

但是，不管它来自哪里，风暴摧毁了飞机，也摧毁了洛蒂的父母。

在他们的遗嘱里，泰奥菲勒和伊泽贝尔把他们所拥有的一切都留给了女儿，并指定伊泽贝尔的哥哥休伯特照看洛蒂和她的财产，直到洛蒂满二十一岁。

可怜的洛蒂……

虽然从表面上看，休伯特·内瑟伯里和他的妻子薇拉很呆板，但他们却很可靠。这也是为什么多年前，当洛蒂还是个小婴儿的时候，圣雷米夫妇选择了他们作为监护人。但在他们平淡无奇的外表之下，却是势利小人。他们厌恶丑闻，却热爱金钱。休伯特年轻的时候曾雄心勃勃。生意上的成功让泰奥菲勒变得非常富有，而休伯特却一直与成功擦肩而过。他和薇拉住在一个小房子里，只有一个仆人——他还兼任他们的厨师。岁月流逝，他们那平淡无奇的好面相已经褪去。在伊泽贝尔和泰奥菲勒离世的时候，薇拉的面容已变得刻薄憔悴，而休伯特的脸色则像个恶霸一样狡黠阴沉。他们一直都不喜欢伊泽贝尔和泰奥菲勒，也不认可伊泽贝尔和泰奥菲勒的生活方式，但他们却很乐意住进伊泽贝尔和泰奥菲勒的家里。巴顿莱西庄园有八间卧室、一排接待室、闻名远近的花园和广阔的林地。这正是他们一直梦寐以求的家。

唯一的问题是洛蒂，她的存在让他们意识到巴顿莱西并不是真正属于他们的。

他们或许可以容忍一个安静的孩子，但在葬礼后的几个星期里，洛蒂除了哭还是哭。她经常做噩梦，尖叫着要她的父母。她拒绝进食，把自己和维多利亚女王锁在房间里不肯出来。她告诉舅舅和舅妈，她恨他们。

她对他们冷眼相待。

或许，如果生活没有让他们失望的话，休伯特和薇拉会是善良的人。但是生活不尽如人意，而他们也不安好心。当洛蒂哭泣的时候，或当他们告诉洛蒂他们爱她的时候，他们并没有给她拥抱。他们也没有让厨师为她准备她最喜欢的饭菜。当洛蒂终于泪眼汪汪地走出房间时，他们让她独自在厨房吃饭，并禁止维多利亚女王进屋。这让洛蒂又哭了一通，他们告诉她维多利亚女王是邪恶的。夏天一结束，他们就把她送到了一所阴暗的寄宿学校，而那时战争才刚刚开始。

全程只有一个人安慰洛蒂——她的法国祖母卡米尔·圣

雷米，洛蒂也叫她穆恩。她来参加了葬礼，短短几天，洛蒂一直紧紧黏着她。当她离开时，她答应洛蒂每周都会给她写信，答应她每年夏天的八月洛蒂都可以和她一起在法国度过，她们会在穆恩的木房子里俯瞰阿尔芒德的河水，就像洛蒂出生以来和父母一起度过的每个夏天那样。

但在洛蒂上学之后，穆恩的信就中断了。战争还在继续，法国也没有假期。事实上，洛蒂根本就没有假期。她那曾经丰富多彩、备受宠爱的日子一去不复返，只剩下单调孤苦的学校生活。在接下来的四年半，她还得待在那儿，举目无亲，思乡心切，当然，还没有朋友。

然后，在1919年的春天，她被开除了。

于是我们的故事就开始了。

第一部分

第一章

这是战后的第一个四月。天空湛蓝，阳光灿烂，微风中飘着花香，鸟儿在歌唱，大巴顿街上的人们相互微笑着。这是令人愉快的一天。世上的人们恍然大悟，或许并非一切都是冷漠、黑暗和充满斗争的。

本背着一个帆布包，带着身后的小狗埃尔西，穿过草地朝运河跑去，他几乎感受到了快乐。

自内森去法国的战地医院看望在那里治疗腿伤的萨姆，已经过去八个多月了。差不多就在八个月前的这一天，一直和内森同住的农民来信说医院遭到轰炸，内森被炸死了。随后陆军部发来电报说萨姆失踪了。就这样过了八个月。这是本一生中最漫长、最艰难的八个月。但今天一切都变了。

今天，本又回来接管一切了。

当内森去法国的时候，他没有像本所希望的那样，把本和埃尔西留在雀鹰号上，而是把他们托付给了当地一个名叫默西·詹金斯的女人。默西是个善良的人。在内森去世之后，她没有把本交给当地政府，否则他们会把埃尔西带走，把本送回孤儿院。相反，她让本和她住在一起。

“直到我们搞清楚他哥哥发生了什么。”她给远在前线的丈夫写信说道。但是后来，默西的丈夫也被杀死了。几个月后，她决定离开大巴顿，到威尔士的一个农场和她姐姐一起生活。

“如果你愿意的话，可以和我一起去。”她对本说，“我们需要一个勤劳的小伙子。”

但是本并不打算跟默西走。本只想继续住在雀鹰号上，等待萨姆回家。

“谢谢，不过我想我还是留下来吧。”

“你不能一个人待在船上，本，你还太小了。”

“我不会一个人的！”本尽可能开心地笑了笑，“我正要告诉你呢！我收到了陆军部的一封信。”

默西皱了皱眉头：“我没看到什么信。”

“可我收到了。”本说，“上面说萨姆要回家了！”

默西还是一脸怀疑，但本看得出来，她想要相信他。

“什么时候？”她问道。

“快了，也许这几天吧。”本的笑容灿烂得让人心疼。

“好吧。”默西说，“我去跟艾伯特说一声，让他在萨姆回来前照看一下你。”

艾伯特叫艾伯特·斯金纳，是当地的一名警察，也是默西的熟人。虽然本不想让任何人照看他，尤其是警察，但他知道这是让默西允许他独自留在雀鹰号上的唯一办法。

“谢谢。”他说，“如果我有什么需要，我一定会告诉他的。”

这让默西感到很满意。那天早上她便乘坐火车离开了大巴顿，而此时本正在前往雀鹰号的路上。

他来到草地的边缘，钻过树篱的间隙走到纤道上，跑过菜地和铁路桥附近的长凳（退役士兵喜欢在那里喝酒打牌），绕过一个运河的弯道，经过一座孤零零的小屋——它就在那里，雀鹰号。它已经没有内森离开时那么光鲜亮丽了，需要擦洗和粉刷才行，但对本来说，它就像最坚固的房子一样让人喜爱。

他朝埃尔西吹了个口哨，埃尔西活蹦乱跳地朝他奔来，然后停下脚步，开始龇牙咧嘴。

“怎么了，你这只笨狗？我们到家了呀！”

埃尔西咆哮着，黑色的毛发竖了起来。

“随你便吧。”本耸了耸肩，“我要上船了。”

他跳上船尾的甲板，放下背包，从前袋中掏出船舱门的钥匙——然后停住了。

如果舱门一直关着，他就可以假装舱门后面的一切都还是原来的样子。内森在工作室画画，萨姆在床上看书。当本跳进船舱里的时候，内森会说：“问题在于，知识可不会自己钻进你的脑袋里，小伙子。”然后他会把一堆被遗忘的课本从折叠桌子上推过来

本把头靠在舱门上，使劲地眨了眨眼睛。随着轻轻的一声砰和爪子的一声啪嗒，埃尔西落在了他身边的甲板上。本

振作起来。

“你说得对。”他说着，把钥匙插进锁里，“我们进去吧。”

他一推开舱门就发现事情不对劲。船舱里的光太亮了。只有当通往内森工作室的门打开时才会那么亮——自从内森走后，虽然本曾多次登上雀鹰号，但他只踏进过工作室一次。对内森的思念让他痛苦得难以承受，他不得不关上了门，从此再也没有打开过。

本的脑子飞速运转着。

是谁开的门？他又是怎么进来的？

舱门被一把挂锁从外面锁上了，所以他一定是从前甲板进来的。但是除了本之外，只有一个人有那把钥匙，这意味着……

萨姆回来了！

本猛地从舱门冲进去，但他被最高一级台阶上的埃尔西绊倒了，又从台阶上滚了下来，重重地摔在船舱的地板上。

有个声音响起来，但是个女孩子的声音，不是他哥哥的。

“求求你，”女孩说，“让我藏在这里吧。这关系着我的生死啊。”

这个女孩子就是洛蒂，只是本还不知道。

在船舱里，她站在本的面前，脸因为奔跑而通红，老式水手服的裙子又脏又破，长长的头发从辫子里散了出来，身上还斜挎着一个帆布包。

包在扭动。

本气喘吁吁，既因为摔倒，又因为洛蒂不是萨姆而感到失望，他只能呆呆地望着。埃尔西发出咆哮，用金色的眼睛盯着那个包。

“包”跳了起来。

“噢，这可不妙。”洛蒂说，“我得把它放出来，你最好抓紧你的狗。”

她非常镇定地坐在本的床铺上，把挎包的肩带从头顶扯过去，把包放在旁边。本终于恢复了语言能力。

“放谁出来？你在说什么？”因为愤怒，他的声音也高了几度。这个女孩是谁？竟敢这样闯到他的船上来，“我都不知道你在这里干什么！”

“嘘。”洛蒂说，“你得安静点。”

本想说这是他的船，他想叫多大声就多大声。但此时好奇心打败了愤怒。洛蒂一边解开挎包的搭扣，一边轻轻地发出咕咕声。埃尔西颤抖着走近了一步。本用手抓住了它的项圈。

“没事的，”洛蒂对着“挎包”轻声说，“不会有人伤害你的。”

本和埃尔西惊讶地看到一个黑色的小鼻头从包里探了出来，紧接着是一整只细长的、太妃糖色的鼻子。鼻头抽动了一下，一只纤细的爪子伸了出来，然后又伸出一只。随后是出乎意料的健壮肩膀和头部的其他部分，它的眼睛像黑色的弹珠，耳朵像巨大的蝙蝠翅膀。要不是这个怪物一副可怜样，本一定会笑出声来。

“是条狗，”他的话显然多余，于是又补充道，“而且很瘦。”

“那是因为，”洛蒂脸色阴沉地说，“它受到了虐待。”

埃尔西开始发出轻柔的呜咽声，本听出来这是在安慰他，于是松开了埃尔西。埃尔西呜咽着朝小狗走去。小狗缩了回去，两只大耳朵耷拉下来。埃尔西凑近它，把它全身都嗅了个遍，然后相当霸道地开始把它舔干净。

“噢！看哪，它们交上朋友了！”洛蒂露出微笑，然后转向本，“这可太棒啦，不是吗？对了，我叫洛蒂，我住在巴顿莱西。”

“我叫本，”本说，“我住在这里。你还没告诉我你在我的船上做什么。”

他注意到，洛蒂看上去没有丝毫的悔意。

“你认识一个叫马拉奇·坎贝尔的人吗？”她问道，“又矮脸又红，还有个土豆一样的鼻子。”

“每个人都认识马拉奇·坎贝尔。”本不耐烦地说，“他是大巴顿最有名的骗子。听着，我不知道这是怎么回事，但是……”

“你能不能到甲板上看看他在不在外面？如果他不在，我保证我们马上就走。反正我也得马上回家。我不能迟到，这很重要，尤其是今天。但是马拉奇·坎贝尔在追我。”

这跟本所想象的回家大相径庭。他一直盼望着回到雀鹰号，把它打理好，让它重新成为他和埃尔西的舒适之家。

这真的……很烦人。

但又很有意思……

他向前倾了倾：“马拉奇·坎贝尔为什么要追你？”

洛蒂咧嘴一笑：“因为我偷了他的狗。”

第二章

“你偷了马拉奇·坎贝尔的狗？”

“噢，请不要这么大声！你会惊动他的。”

本放低了声音：“你偷了马拉奇·坎贝尔的狗？”

“偷得相当成功。”洛蒂高兴得在床铺上蹦蹦跳跳，然后盘腿而坐，看上去非常自在，“如果你想听，我可以把一切都告诉你。不过我得警告你，这么一来在警察的眼里你就会成为同谋了。”她停下来想了想，“你可能已经是同谋了。严格来说，你可能窝藏了一名逃犯，还藏匿了赃物。那只狗就是赃物。而且，我想，它也算是个逃犯。不过我保证，如果警察来了，我会告诉他们这都是我的错。而且坦白说，我不认为马拉奇·坎贝尔是那种会报警的人。还要我继续说吗？”

本犹豫了。一方面，他实在不想让马拉奇·坎贝尔或警察或任何人来雀鹰号问东问西。另一方面……

“你为什么要偷他的狗？”

“说来话长。”洛蒂说，“能不能先给它喝点儿水？或者给它点儿食物？它也需要洗个澡，可是——”她怀疑地环顾了一下船舱，“不知道你们这里有没有浴缸？”

“没有浴缸，没有。”本冷冷地说，心想她住的地方可能有几十个浴缸吧。

他从厨房的碗柜里拿出两个碗，一个盛满了狗饼干，另一个盛满了水，然后把它们放在地上。埃尔西马上开始吃了起来。洛蒂把小狗放在她身边的地上，埃尔西拖着步子挪到一边，给它腾出位置。

“真是太体贴了。”洛蒂感叹道，“你的狗很可爱，它是什么品种的？”

“我想大概是西班牙猎犬。我们把它救出来时它还小，所以我们一直都不知道它是什么品种。”

“我这只是吉娃娃。我决定叫它费德里科，这是一个西班牙名字，而在墨西哥，吉娃娃曾被牧师或巫师崇拜，我也不确定是他们哪一个崇拜它……”

这很有意思。在其他情况下，本可能会想了解更多。但现在他觉得当务之急是了解这只吉娃娃的故事。

“那这个盗窃……？”他说。

洛蒂双手环抱着膝盖。

“我想，”她若有所思地说，“这一切要从我刺伤缝纫女工开始。”

本开始感到头昏眼花：“刺伤……？”

“只是用针刺的。”洛蒂急忙解释道，“我为了被开除。我太想回家了。你看，我离开家去上学已经太久了，甚至比战争还久。自从我八岁那年，我父母在一次飞机失事中丧生之后，我舅舅和舅妈就把我送去学校了。不过我已经习惯了——我的意思是，虽然这很难受，但也可以忍受，就像坐牢一样——但后来新来了个女孩，韦罗妮卡·斯梅德利，她把我锁在了煤窖里。”

“煤窖？”本很困惑，“为什么呀？”

“我嘲笑了她。”洛蒂承认道，“她打长曲棍球时在泥里滑倒了。我知道我这样做不好，但她浑身是泥的样子真的太好笑了。总之，这让她很生气。所以她先是告诉所有女孩不要跟我说话，然后再让她们来戏弄我，其中之一就是把我锁在煤窖里。本，你看起来很困惑。你不上学吗？”

本想了想。因为他们经常开船到处转，所以内森就一直在雀鹰号里给他们上课。当本和默西一起生活的时候，默西曾隐晦表示让他去上大巴顿学校。但是习惯了自由生活的本并不喜欢学校。既然现在他一个人住了，他想自己可能宁愿独自学习。

“不，”他说，“不上。”

“那你就不知道欺凌有多可怕。韦罗妮卡让她们把我在煤窖里关了一整夜，那是我一生中最孤独的夜晚之一，几乎和我父母去世时一样糟。你经历过孤独吗？”

“四岁之前我一直住在孤儿院。”本平静地说，“而且在过去的八个月里，我一直和一个陌生人住在一起。”

洛蒂点了点头：“那你肯定会明白的，在学校的孤独快让我窒息了，最糟糕的是没有一个老师关心我。就算告诉我舅舅和舅妈也无济于事，他们向来对我也漠不关心。但我不能再这样下去了。爸爸总是说，如果你不喜欢某件事，那么你就应该试图改变它。所以我先是试着逃跑。”

“跑去哪里？”本问，“回到巴顿莱西吗？”

洛蒂犹豫了一下，但这实在太痛苦了，她无法向他解释她曾想要一路跑到法国，跑到穆恩那里去。虽然穆恩再也没有给她写信了，但她是现在唯一一个曾经爱过她的活人。

“是的，”她说，“回到巴顿莱西。我到了车站，但是最后一趟火车已经开走了，而他们抓住了我。于是我意识到要想离开，唯一的办法就是被开除。所以我就刺伤了缝纫女工。”洛蒂顿了顿，她想起用针扎进缝纫女工胳膊的感觉，以及充斥着尖叫和血液的情景，“效果相当令人满意。”

本说不出话来，既惊骇又很敬佩她。

“你舅舅和舅妈怎么说的？”

这是另一件洛蒂不想谈论起的事——休伯特对洛蒂的丑行大发雷霆，并在她从学校回家时，在大巴顿车站当着其他乘客的面狠狠地给了她一记羞辱的耳光。

“他们有点生气。”她满不在乎地说，“不过我的计划成功了。因为休伯特舅舅说我现在快十三岁了，按照法律我不用再去学校了，我应该学着帮舅妈做些有用的事。”洛蒂翻了个白眼，“我得做一些比如说整理她的写字台和针线盒、为妇女协会委员会的宴会的旧物义卖活动缝补衣服之类的事。她对妇女协会委员会的宴会很痴迷，今年由她负责。她崇拜的克拉里昂夫人是委员会成员，而她崇拜的原因是对方是一个正儿八经的贵族。这次宴会的目的是为归国军人筹集资金。克拉里昂夫人说，我们的爱国义务就是尽可能多地筹款，而薇拉舅妈极度渴望得到她的认可。薇拉舅妈总觉得巴顿莱西并不是真正属于她——而是属于我的——于是她把这个宴会看作是她进入上流社会的途径。还没到六月份，她就已经让所有委员会的女士来参加她那糟糕的咖啡早茶会了，我还得给大家分发三明治。说实话，我有时候确实在想，为了这个而被学校开除是否值得，但是——本，你看上去不太耐烦。”

“我只是想知道这和那只狗有什么关系。”本坦白地说。

“我正准备说这个。重点是，薇拉舅妈每次只能容忍我几个小时。所以只要我的行为不出格，在下午我就可以像鸟儿一样自由自在地到处游荡和探索。在我探索的时候，我注意到马拉奇·坎贝尔把可怜的费德里科关在他院子的一个又小又脏的笼子中。然后我跟踪了他一会儿，他带着费德里科满城转悠，想把它卖了。尽管吉娃娃在墨西哥很受崇拜，但没人想要它。我是说——”洛蒂压低了声音，“就连我都能看出来它长得很古怪，尤其是还这么丁点小。所以我对自己说，如果马拉奇·坎贝尔五天内没有把这只可怜的狗卖掉，我就去把它救出来。然后他没卖掉，我也救了。”

“怎么救的？”本被深深吸引住了。

“唔，这部分就很简单了。”洛蒂说，“我只需要从扎奇——我家的园丁，也是个可爱的人——那里偷来一根撬棍，然后等马拉奇·坎贝尔出去之后，翻过他院子的墙，撬开笼子，抱起费德里科就跑！”

“但你为什么会在这里，在雀鹰号上？”

“因为马拉奇·坎贝尔回来看到了我做的一切，所以他就来追我。好在即使抱着费德里科，我也跑得比他快得多，他根本没法追上我。但后来我跑累了，看到了你的船，我就……跳了上来。”

“你是怎么进来的？”

洛蒂内疚地转过身，朝内森的工作室瞥了一眼。本顺着她的目光看过去，然后打了个寒战。一道泥泞的脚印径直穿过地板，通向一扇半开的门。园丁的撬棍被搁置在地板上。

本站起来，关上了船舱和工作室之间的门。

“你生气了吗？”洛蒂小声问道。

本仔细想了想。这是内森的工作室！他回避了几个月的地方，而她却轻而易举地走进去，在里面闲逛，完全不把它当一回事。他应该生气才对。他当然很不高兴，但是与此同时，他知道内森和萨姆肯定会喜欢这个营救吉娃娃的故事……

“没有。”他说。

洛蒂松了一口气，然后放声大笑起来：“本，你的狗在干什么？”

埃尔西爬上了本的床铺，正在床垫上转圈子。在他们的注视下，它紧紧地蜷缩成一团，并用牙齿拉起毯子盖在头上。

本笑着把手伸进毯子里挠它的耳朵：“这意味着要下雨了。”

“下雨？可今天是个大晴天呀！”

“这不重要。内森总是说，它就像个晴雨表。”

“内森？”

“我爸爸。”本不再挠埃尔西，而是把手伸进它的毛里寻求安慰，“他从孤儿院收养了我。他在战争中丧生了。”

“噢，真倒霉！”

她没有说很遗憾，本感到很欣慰。他讨厌别人说很遗憾，好像这样就能让人更好受似的。内森死了真是太倒霉了，他甚至没有反抗，而他的腿也让他无力反抗。倒霉就是最恰当的回应。

“这就是为什么我一个人住在这里。”他说，“我在等我的哥哥回来，他也去打仗了。”

这是他第一次对默西以外的人大声把这些说出来，他希望听起来有说服力。

“那你舅舅和舅妈呢？”他问道，试图转移话题，“他们会让你收养费德里科吗？”

“他们阻止不了我的。”洛蒂骄傲地扬起下巴说，“毕竟那是我的房子。”

这话就连她自己听了也觉得毫无说服力。她看了一眼手表，叹了口气。七点整她要在厨房吃晚餐，薇拉舅妈讨厌她迟到。今天可不是惹怒她的好日子。

“我得走了。”她遗憾地说，“走吧，费德里科！现在你吃饱了，可以走路了。你比看上去要重多啦。本，你能不能帮忙看看马拉奇·坎贝尔还在不在附近？”

岸上没有人。狗和孩子都走出船舱，来到后甲板上。

一天中内森最喜欢的时刻快到了。薄雾笼罩在水面上，落日余晖将肮脏的运河染成了金色。洛蒂不禁屏住了呼吸，本的自豪感悄然而生。

“在船顶上看更漂亮。”他提议道。

他一脚踏上储物箱，轻巧地爬到了船顶上，然后转身伸出手。洛蒂看了看手表，然后跟着他爬了上去。

“噢！”她喊道，“噢，你说得对。”

太阳渐渐下山，影子拉得更长，水面变得更金灿灿了。本和洛蒂让狗狗坐在他们中间，他们忘记了舅妈，忘记了迟到，忘记了战争，忘记了霉运。

从船顶上看到的这绝世美景从来不会让人失望。

“在我小的时候，我们经常去法国的祖母家度假。”洛蒂最后说，“爸爸在河边的船库里放了一艘小划艇。我总是觉得，当我们坐着它出行的时候，水里的一切看起来是那么不同。就像一切皆有可能一样，你懂吗？就像你可以完全自由地想去哪儿就去哪儿。这就是住在雀鹰号上的感觉吗？”

“没错，”本说，“就是这样的。或者说，当萨姆和内森还活着时是这样。”

“你会开船吗？”

“我还真会。”洛蒂钦佩的目光让本的脸唰地红了。

“或许哪天你可以教我。”洛蒂叹了口气，然后不情愿地站了起来，“我真的要走了，不过我能改天再来吗？”

本听出了她声音中的踌躇。她的声音突然变得很脆弱，也很不自信。

“当然可以，只要你能保证不被马拉奇·坎贝尔看见。”

“那我争取明天再来。”洛蒂开心地笑着说，“然后你可以带我看看整艘船。”

她伸出了手。本握了一下，却发现自己不想放手。

他站在那里，看着洛蒂和费德里科沿着纤道跑向小镇。当他们拐弯走上巴顿巷时，他心想，真是奇怪，尽管洛蒂一直滔滔不绝，但她走之后，寂静却叫嚣起来。

那天下午早些时候，就在离雀鹰号九十多米远的地方，正好在洛蒂告诉本她被学校开除的时候，马拉奇·坎贝尔敲响了之前本跑步路过的那间孤零零的小屋的门。一个瘦弱又邋遢的年轻女人急忙来开门，金属框的眼镜从她的鼻子上滑落下来。

“你看到我的吉娃娃了吗？”马拉奇·坎贝尔问道。

这个年轻的女人名叫克拉拉·普利姆罗斯。她把眼镜推回原位，带着极度失望的神情看着他。

“上周给你看过了，还记得吗？”马拉奇说，他意识到她失望的情绪已经变成了炽烈的愤怒，“它被偷了。”

“哦，它不在这里。”克拉拉说，然后砰的一声关上了门。

1914年的夏天，十八岁的克拉拉正在上大学，她爱上了一个叫马克斯的同学。马克斯喜欢写诗，讨厌打仗，他是你能想象到的最不适合当兵的人。但是战争一开始，他就去参军了。

“等战争结束了，我就来找你。”在那悲凉的四年里，他一遍又一遍地给她写道，“答应我你会等我！”

克拉拉答应了等他。她大学毕业时在等，去医院当志愿护士时也在等，就算这么多个月以来他杳无音讯，她现在也还在等。她的父母非常不喜欢马克斯，他们把她赶出了家门。她搬到了大巴顿，因为这里没有人认识她。她还租下了运河边那间孤零零的小屋，这样马克斯回来的时候，就不会有邻居去窥探他们。她告诉她的房东太太，她是一个作家，想找一个安静的地方来完成她的小说。房东太太相信了她，因为正如房东太太在面包店排队的时候告诉梅西·詹金斯的那样，克拉拉那副眼镜，还有她身上那种随时要崩溃的气息——红头发总是从发夹里散落出来，毛衣上也布满了洞眼——嗯，她看上去就像个作家，不是吗？一个年轻的女士这样独自生活总是不太合适，但大家都知道艺术家就是疯子。

谁也没有想到克拉拉有个秘密。她并不是一直都是这副模样。在大学时，克拉拉曾身姿曼妙，头发就像华美的卷帘一样垂在她的背上，脸上还经常挂着笑容。在当护士时，她总是那么干净整洁，高效能干。但是现在……

好吧，战争和等待对人的影响是很大的。

实际上，她靠做翻译谋生。马拉奇·坎贝尔走后，她从厨房桌子的抽屉里拿出一堆文件，给自己倒了杯茶，但忘了去喝。她拿起一支铅笔，到处找卷笔刀，然后在水果盘里找到一个，于是便开始了工作。她试图专心致志地做翻译，翻译的内容是关于化肥和农业生产的，但她的心却不肯安定下来。当马拉奇敲门的时候，她的心怦怦直跳，她想着……期待着，真的……会是马克斯。不过只要是敲门声都会让她的心怦怦直跳。克拉拉把她的翻译推到一边，拿起一张白纸，开始给马克斯的妈妈写信。在写了几行字后，她也推开了这封信，然后出门散步去了。

反正马克斯的妈妈也从来不回信。

克拉拉曾多次经过雀鹰号，可从来没怎么注意过它，但今天不同。这是她第一次听到船上有声音。

她感到很好奇，走近了几步，然后停住了。

一个女孩和一个男孩背对着她，盘着腿并排坐在船顶上，两只狗在他们中间挤成一团。克拉拉眯起眼睛。大一点的那只狗是一只黑白相间的杂交西班牙猎犬，小一点的那只……克拉拉无声地“噢！”了一下。

小一点的那只是马拉奇·坎贝尔被偷的吉娃娃。

或许，克拉拉应该说点什么。

一只被偷的狗！

但克拉拉不喜欢马拉奇·坎贝尔，她也不赞成把狗关在笼子里。而且河面上的光、雾和宁静……在克拉拉的眼里，那一刻，船上的孩子和狗似乎属于另一个世界，一个像童话故事或诗歌那样充满魔力的地方。

或许，明天，如果他们还在这里，她就会来介绍自己。但现在克拉拉蹑手蹑脚地走开了，她不想打扰到这种她已经很久不曾拥有的感觉，这种一切皆有可能的感觉。

她没有向任何人说起那只狗的事。

第三章

如果人能够在跑步的时候拥抱自己，那么在洛蒂跑步穿过巴顿巷前边的树林回家时，她肯定会这么做。

一天之内交了两个新朋友！

在经历了学校可怕的孤独之后，交了两个新朋友！

在一天之内！

当然，对此，这两个新朋友都没有选择权。其中一个是她偷的，另一个是她闯进了他的家。尽管如此，她还是高兴得快要晕过去了。

小巷的坡越爬越陡，洛蒂停下来喘口气。当费德里科一路向前狂奔时，她感到一阵恐慌。

要是它继续跑下去，不回来了，怎么办？

要是它根本就不是她的朋友，怎么办？要是……

汪！汪！汪！

费德里科沿着小巷飞快地跑了回来，一头扎进她的怀里。

“我永远都不会离开你！”它似乎在用它那欣喜若狂的、扭来扭去的身体告诉她。

“永远，永远，永远！”洛蒂紧紧地抱住它，回答道。

树林间开辟出一条道路，通往开阔的山坡。这是洛蒂的父母在世时最喜欢的散步路线。洛蒂、泰奥菲勒和伊泽贝尔曾一起踏过冬天的积雪，流连于春天盛开的荆豆花，躺在夏天的草地上听云雀唱歌。在回家的路上，如果洛蒂累了，爸爸就把她背起来，他还像小马一样刨着地面。洛蒂喜欢巴顿莱西周围的每一棵树，每一块石头，每一片起伏的山峦。但此时她没空停下来看一眼。如果她要像她舅妈所喜欢的那样整洁有序，赶在晚饭前回去，她就得抓紧时间了。

然而她的脚步却慢腾腾地往前挪着。

“他们阻止不了我的。”她之前对本说。自从她计划营救费德里科的时候起，她就坚信自己要这么做，因为她真的很想把它救出来。但她离家越近，就越没信心。爸爸肯定会庆祝费德里科的获救，他喜欢动物。妈妈也肯定会感到高兴，因为她讨厌任何形式的残暴行为。可是休伯特舅舅和薇拉舅妈呢？

她想，与费德里科一起闯进去可不行。她必须选好时机，还要编好故事，对偷窃的事避而不谈。在洛蒂看来，她对费德里科的绑架更像是一种解放，而不是偷窃。但是休伯特舅舅和薇拉舅妈可能不会这么看……

“我得把你藏起来一会儿。”她告诉费德里科，“可是藏在哪儿呢？”

费德里科舔了舔她的手。

他们爬到山顶，映入眼帘的是巴顿莱西，一栋坐落在花园和树林中的方形的蜜色房子。当洛蒂和费德里科开始下山，朝它走去的时候，东边的围墙门口有一道光在闪烁。洛蒂心头一颤。

她知道那道光是什么——扎奇在外面抽烟斗！

她所偷的撬棍的主人——扎奇，是他，曾责备她没等水果成熟就把它摘了，却总是把最好的草莓留给她；是他，让她拿着自己的小泥铲，跟在他身后去挖花坛植物；是他，敬慕自己的妈妈，从小看着洛蒂长大……

扎奇住在巴顿莱西庄园边上的一个小屋里，那是她舅舅和舅妈从未去过的地方……扎奇非常不喜欢内瑟伯里——他会帮忙的。

洛蒂朝山下的光亮处狂奔去，费德里科跟在她身后。

扎奇是个可爱的人，正如她对本说的那样。一看到洛蒂和费德里科，他那张布满白胡子、皱得像胡桃一样沧桑的脸就不禁绽开了笑容，他和小狗一下子就喜欢上了对方。洛蒂让费德里科舒服地窝在扎奇小屋壁炉前的箱子里，而这个老园丁给它准备了面包和牛奶。

“我只要向舅舅和舅妈解释一下它的事就可以了。”她对扎奇说。他咕哝了一声，好像在说祝她好运。但现在已经马上要七点了，莎莉即将要为洛蒂端上晚餐。自战争以来，巴顿莱西庄园仅剩她一个室内仆人了。

当洛蒂从扎奇的小屋出来时，正如埃尔西所料，天空开始下起了雨。当她跑步穿过庄园——跑过菜园和果园，跑过爸爸教她骑马的山毛榉小巷，跑过妈妈最喜欢在那里读书的林中空地，跑过小溪，跑过小桥，跑过精致的大草坪时，她已经浑身湿透了。她像只老鼠一样悄无声息地溜进了洗碗间。如果她能轻手轻脚地走过走廊，然后到她的房间换衣服、梳好头，再偷偷地回到厨房……就万事大吉了。莎莉也像扎奇一样，喜欢洛蒂，讨厌她的雇主。她之所以留在巴顿莱西，是因为她的未婚夫已经从战场回来了，她正在攒钱和他一起在肯特郡的家附近买一个酒吧。莎莉会替她打掩护的……

“夏洛特[①]？”

当洛蒂走上楼梯时，客厅里传来了她舅舅的声音。洛蒂愣住了。

“请进来，夏洛特。”

或许，要是洛蒂适当地道个歉，休伯特舅舅就不会那么生气……或许薇拉舅妈就不会注意到洛蒂那湿漉漉的衣服、水手服上的破洞、被风吹雨刮后凌乱的头发……

她慢慢地走向客厅。

休伯特坐在火炉旁爸爸的椅子上，手里拿着一杯雪利

① 夏洛特（Charlotte）是正式名，洛蒂（Lotti）是昵称。——译者注

酒。一看到他那张薄薄的、抿得紧紧的嘴，洛蒂就知道他很愤怒。但他什么也没说，连看都没看她一眼，只是在等她支支吾吾地说出一个借口。

“我刚刚出去散步了。”洛蒂一边说，一边盯着地毯。如果本看到现在的她，该多惊讶啊——这个营救小狗的洛蒂，破门而入的洛蒂——几乎说不出话来了！

这正是她最讨厌她舅舅的地方，他总让她觉得自己很卑微。

“对不起，我迟到了，我忘了看时间。”

“夏洛特，你的衣服……”薇拉用责备的口吻低声说，仿佛看到洛蒂就引起她生理不适一样，“你的头发……”

洛蒂抬头看了舅妈一眼，顿时气得满脸通红。薇拉披着妈妈最喜欢的披肩，那是一件奢华的蓝色羊绒披肩，上面绣着蝴蝶，还有长长的丝绸流苏。披在可爱的伊泽贝尔身上，看起来是那么美丽动人；披在卑鄙的薇拉身上，却显得如此可憎和可笑。

“我淋到雨了。”洛蒂低声含糊地说，不带一丝的歉意。

休伯特摆弄着他的雪利酒杯，然后非常优雅地把它放下，非常刻意地弯了弯手指。洛蒂回想起在大巴顿车站的那一巴掌，退缩了一下，又看向了地毯。

“你可要小心点，夏洛特。”她舅舅轻声说，“否则我可能会改变主意，送你去另一所学校。”

“对不起，舅舅。”洛蒂小声说，“我不会再迟到了。”

“料你也不敢了。赶紧滚出我的视线吧，你看着可真丑。”

洛蒂仓皇而逃。

洛蒂回到自己的房间，一头倒在床上，猛锤床垫。短短几句话怎么可以让她感到如此可怜呢？她错了，大错特错，她就不该回家！她就该待在学校！除了……环绕着巴顿莱西的可爱山峦，爸爸妈妈留下的回忆……现在还有雀鹰号和本，以及最重要的费德里科。费德里科，现在已经成为她的责任，而她却让它失望了，因为她在舅舅和舅妈面前表现得如此狼狈……要是她被送去上学了，它该怎么办？谁会来照顾它？

“穆恩。”这个念头不知从哪里冒了出来，但这肯定是希望渺茫的，因为除了穆恩远在法国之外，还有一个既糟糕又可怕的事实，那就是她的背叛……

噢，她该怎么办好？

门开了，莎莉端着个盆子走了进来。

“现在把这些衣服脱下来吧，小姐，我去生火。”她利落地说，“我已经给你端来了热水，你可以好好洗个澡了。先生说不准你吃晚饭，让你直接上床睡觉。我说，好吧，不用担心，我没时间照顾一个生病的孩子，起码在我独自看管整个家的时候没有。他太小气，不肯出钱雇人。如果你不吃饱穿暖的话，你就会生病的。来吧，洛蒂，快快快，收拾干净。我去给你拿吃的。哎哟！哎哟！你在干什么，你这个疯孩子？”

洛蒂伸出双臂抱住了莎莉的腰。有那么一瞬间，这个女佣的脸色柔和了下来，她也抱着洛蒂。莎莉目睹了洛蒂在车站挨的那一巴掌，并在事后安慰了她，然后愤愤不平地给未婚夫写了一封信，告诉他都怪休伯特太老了，不能去打仗并死在战场上，这真是一个遗憾。

“别担心，洛蒂。”她说，“生活总会好起来的，到最后一定会这样。”

一个小时后，洛蒂洗刷得干干净净，肚子里塞满了煮鸡蛋、烤面包、干梅子和蛋奶糕，然后躺到了床上。壁炉里生着火，脚边放着一块热砖，洛蒂感觉好多了。

在树林里看着小狗冲进她怀里的样子，抱着小狗时，感受它温暖的身子在她怀里扭来扭去——回家当然是正确的！自从父母过世之后，除了已经去世的老猫维多利亚女王、不在身边的穆恩和即将离开的莎莉之外，洛蒂就再也没有拥抱过任何人。

抱着那只小狗的感觉是多么美好啊。这是多么完全、绝对的正确啊。

而费德里科并不是她今天唯一觉得正确的事物。洛蒂想到了雀鹰号，想到了与本、埃尔西和费德里科坐在一起看落日余晖。这是如此简单，却是她最想要的——平静，被需要，有朋友。

还有归属。

莎莉说过，生活总会好起来的。好吧，莎莉通常是对的，但有时候生活也需要帮助。现在洛蒂必须要做到的是不被送回学校，这意味着她要在舅舅和舅妈面前表现得完全绝对地无可挑剔。她能做到的！从现在开始，她要成为一个有用之人的模范。她不会给舅舅和舅妈丝毫不悦的理由。很快，一旦时机成熟了，她就会好好解释费德里科的事，一定要把它留下来。

同时，明天下午，她和费德里科会神不知鬼不觉地回到雀鹰号上……

在雀鹰号上，本也在床上躺着，但他觉得饿了。

他试着热一罐汤当作晚餐，但厨房的炉子和内森工作室的炉子都只冒出几缕烟，他连火都没能点燃。最后，他只能喝冷汤，但几口下肚后他就放弃了。现在他躺在自己的床上，把所有能找到的毯子都盖上，依偎着埃尔西取暖。他的脑子嗡嗡作响。

雀鹰号的状况比他想象的还要糟糕，单是稍加擦洗和刷点油漆是不够的。船上所有的窗户都需要重新修补缝隙，金属制品上布满了锈迹，他甚至都不敢去检查发动机。要花多少钱才能把它全部修好呢？

“明天早上第一件事，”他告诉埃尔西，“就是去找份工作。”

他去船坞打听，自从和默西一起生活以来，他就在那里做一些零工，跑跑腿，送送信。经营船坞的人约翰·斯内尔认识内森，他们俩关系很好。他还可以给本一些关于雀鹰号的建议，比如先从哪里下手让它恢复原状，这样当萨姆回家时就一切可以准备就绪。

当萨姆回家时……

事实是，本并不知道他哥哥什么时候会回来。他对默西撒了谎，现在也对洛蒂撒了谎。对洛蒂撒谎要难得多，因为她身上的一些东西让他想对她坦诚。但秘密就是秘密，这个秘密是不能告诉任何人的。陆军部一直都没有来信，如果被艾伯特警官发现了，本就会再次被送进孤儿院，并和埃尔西分开。至于雀鹰号，他想，要么会被卖掉，要么会留着任其腐烂。

问题是，他还能撑多久不被人发现呢？

第四章

第二天黎明，洛蒂偷偷带着费德里科到山坡上跑了一会儿，然后把它还给了扎奇。在厨房吃完早餐之后，洛蒂还做了四个小时的针线活。她穿着一件硬挺的海军围裙，一头卷发扎成两条整齐紧实的辫子，看上去无可挑剔。她竭力掩饰自己的不耐烦。舅妈一打发她走，她就抱起费德里科，一溜烟般向雀鹰号跑去。

“噢，请让他乐意见到我吧。”她一边跑一边想，“请让一切就像我想象中那般美好吧！”

约翰·斯内尔同意让本在船坞工作，一周六个早上，从八点到一点。报酬是成年人工资的一半，但他可以把埃尔西带在身边，并且没人会过问他的生活安排。他花了一个早上把破旧不堪的船屋里最黑暗的角落打扫干净。自从战争开始，这里就没人收拾了。现在他想着手修理自己的船，任务艰巨。洛蒂看到他和埃尔西一起站在纤道上，正在检查雀鹰号的漆面。

在一方逃跑而另一方协助窝藏的极端情况下，怀着偷狗和回家的兴奋，两个人的相遇是一回事；但在恢复冷静之后再次相遇又是另一回事了。一时间，本和洛蒂都不知道说什么好。但对狗狗而言，这算不上什么难事。当两只狗狗围着你上蹿下跳狂吠不止的时候，你是不可能保持僵硬和尴尬的。事实上，不笑出声是不可能的。到最后，洛蒂只需要说一句："我回来了。"而本只需要回一句："那我带你去参观一下雀鹰号怎么样？"

在船上，狗狗们围着洛蒂嬉戏打闹，而洛蒂则在观察船舱，仔细打量着在昨天的混乱中没注意到的东西。不仅有从窗户吹进来的又湿又冷的风，还有内森设计的所有可爱又实用的细节——床铺下面的抽屉、可折叠的桌子和靠在旁边墙上的椅子、水槽上方挂着三个锡制杯子的小厨房。最棒的是那些直接画在墙上的画，内森在每个男孩子的生日都为他们画一幅新画——小鸟从树林间探出头来，小狗在纤道上奔跑，一只黑白相间的小猫在炉子背后睡觉。

"我很喜欢雀鹰号这条船。"她说，"它太棒了。"

"它还有很多地方需要修补。"本说。

"我可以帮忙！"他又一次听到了她声音中的那一丝踌躇，那种失去信心的感觉——仿佛害怕他会拒绝。但本不想拒绝，他那深深的孤独感已经持续太久了……

整个下午，狗狗们都躺在本的床上蜷缩成一团。在它们的注视下，本和洛蒂擦了又擦，扫了又扫，直到雀鹰号的居住区锃光瓦亮。他们用力打开门窗，驱走湿气，然后在阳光下拍打床单和毯子，给它们透气。本清理了炉子的烟道，最后成功点燃了火。

他烧了热水，烤了面包，洛蒂展开桌子，他们坐下来一起吃饭。

“为雀鹰号干杯！”洛蒂举起杯子说。

“为雀鹰号干杯！”本回应道。

他们碰了碰杯子。狗狗也叫了起来，仿佛在应和他们的干杯。本和洛蒂都笑了。他们商量着如果明天天气好的话，他们就要开始用砂纸打磨外部的木材，为上漆做好准备。当洛蒂和费德里科离开雀鹰号的时候，她和本都感到心里暖洋洋的，因为他们都意识到自己找到了真正的朋友，也意识到或许他们各自的计划——留下费德里科、留在巴顿莱西、留住雀鹰号——是行得通的。

一个星期以来，没有人打扰他们。

然后警察来了。

艾伯特并不是那种英雄式的警察。他身材矮小且肥胖，内八的脚使他的屁股突出来。在过去的三年里，他的肩膀一直萎靡不振地耷拉着。当酒吧老板想要制止打架时，几乎不会找他帮忙；当他试图命令孩子们离开他们不该待的地方时，他们就嘲笑他。然而对于这一切，他却并不觉得有失颜面。

而且他十分尽心尽责。他的同事说，他就像㹴犬一样固执。大家都知道，他一旦接手了一个案子，就永不言弃。

在过去一个星期里，艾伯特一直在远处观察着雀鹰号。他相信默西告诉他的是真的，萨姆很快就会回到大巴顿了。但随着时间的推移，他越来越不安。如果再继续这样下去，他就会亲自写信给陆军部，要他们给一个萨姆回来的确切日期。与此同时，本的生活方式既不合适，也不合法。在洛蒂和本第一次见面的一周后，他前往雀鹰号告诉本这件事。

当你有秘密时，见到警察会让你即刻产生一种负罪感。本先看到了艾伯特。当时他在后甲板上，正在给打磨过的门涂上一层底漆。在他看到艾伯特的那一刻，他内心百分百地肯定艾伯特知道了他收到陆军部来信的事是在撒谎，而他是来把自己带回孤儿院的。

正在打磨船顶的洛蒂听到了本的喘息声，她顺着他的视线看去，立即认为艾伯特是因为她偷了费德里科而来逮捕她的。费德里科此时正和埃尔西一起在内森的工作室睡觉，但它们随时可能醒来，让整件事露出马脚。事实上，洛蒂说得对，马拉奇·坎贝尔不是那种会报警的人。艾伯特对费德里科毫无兴趣。但洛蒂对此并不知情，她做好了最坏的打算。

艾伯特走了过来。洛蒂和本摆出一副毫无说服力的无辜表情。

“下午好。”艾伯特说。即使在传达坏消息的时候，他也喜欢表现得彬彬有礼。

“下午好。”他们喃喃说道。在本的脑海里，他看到了落入陌生人手中的雀鹰号、被关进流浪狗收容所的埃尔西、孤儿院宿舍里的金属床；而洛蒂则仿佛感受到了她舅舅的耳光，想象着费德里科被锁住的情景……

“我是来问你们，”艾伯特说，“你们为什么没去学校的。”

以后，他会记得这一刻，洛蒂和本的表情从羞愧难当变成了如释重负，然后又变成了愤然抗议。他会告诉自己，在那一刻，他早该知道他们就是一股不可忽视的力量。这种如释重负的表现虽然很明显，但却转瞬即逝，而且很快就被出人意料的抗议所取代。

“什么意思，学校？”洛蒂大声说。

艾伯特被洛蒂的样子吓了一跳。她光着脚，穿着从薇拉舅妈的杂物堆里偷来的工装裤，还卷起了裤脚。但他并没有因此分心。“学校就是学校，”他说，“我不知道还能怎么解释，每个人都知道学校是什么意思。在十四岁之前，孩子们都要去那里学习。我这么跟你说是因为这是法律规定的。”

“你错了。”洛蒂说，“到了十二岁就不用去学校了。我舅舅明确告诉过我的。”

“这是一条新的法律。”艾伯特说，“而且我绝对不会错的。”

“但这也太可怕了！”

正如很多人在第一次见到洛蒂时一样，艾伯特也感到一阵头痛。

“如果你认为这条法律很可怕，那也没办法。”他说，“你无法改变它。我只是来告诉你……”

他停顿了一下。费德里科听到洛蒂激动的声音，也应和着在内森的工作室里发出了嚎叫。

“那是什么？”艾伯特问。

“没什么。”洛蒂说，“我是说，那是一只狗，我的狗，它病了。”

“你要去看看它吗？”

“不用了。”

“好吧。”艾伯特迟疑了一下，“唔，正如我刚才所说的……”

“我不能去学校。”一直惊愕地盯着艾伯特、一声不吭的本现在终于开口了，“我要工作，我需要钱，我必须把雀鹰号修理好。为了等我哥哥回来。”

“关于这件事，”艾伯特说，“我在想什么时候……”

“我也不能去学校。”洛蒂坚定地打断道，“原因有很多，最重要的是因为学校很可恶。政府制定这些法律固然很好，可是他们又不需要去遵守它们。”

“恐怕我得和你的父母谈谈这件事了。”艾伯特说。

“他们已经死了。”洛蒂厉声说道。看到艾伯特脸色变红，她感到了痛快的满足。

本努力思索着说道：“如果我必须去学校的话，克拉拉肯定会告诉我的。”

“谁，”洛蒂问，“克拉拉是谁？”

“她是我的邻居，她住在那边的小屋里。我搬进来的那天晚上，她就来打招呼了。她是个作家，她肯定知道学校的事，但她却从来没有提起过。相反，当我告诉她我在船坞工作时，她说那一定很棒，船就像童话故事或诗歌之类的东西那般美好。”

“好吧，那我们去问问她。”洛蒂说。

“问了也不会有任何差别的。”艾伯特说。但太迟了，洛蒂已经从船顶溜到了纤道上，朝着克拉拉的小屋大步流星地走去。

本从后甲板跳下来去追她。艾伯特也只好紧跟其后了。

第五章

克拉拉很是困惑。孤零零地生活了几个月后，突然间，她屋前的小花园里挤满了不请自来的人，他们叽叽喳喳说个不停。人群中有她的邻居本和一个警察，还有那个总是在雀鹰号周围转悠的、偷了吉娃娃的女孩。克拉拉不想让他们待在这里，但她要怎样才能摆脱他们呢？在喧闹声中，她听到了火车五点进站时的汽笛声。在她孤孤单单地等待了这么久之后，在这片吵闹声中，她突然产生了幻觉，她看到马克斯在火车上，马克斯从车站走出来，马克斯来到她身边。或许她一哭，他们就会走开了。但在克拉拉以往的学生生涯中，她很赞成她的朋友凯蒂的看法——女人靠哭来获得自己想要的东西是一种可耻的行为。

“一定要非常非常高傲。”凯蒂曾说过。

克拉拉把眼镜推回到鼻梁上。

“我不知道你们都在这儿干什么。”她尽可能傲气十足地说，尽管她的针织套衫不仅穿反了，还被虫蛀了个洞，“但如果你们能离开的话，我将不胜感激。”

为了让她听清楚，艾伯特放下颜面，从洛蒂身后大声地告诉克拉拉，孩子们必须去上学。

“但这跟我有什么关系呢？”克拉拉问。

“没什么关系。”艾伯特说，他的头更痛了。

“告诉他法律是错的。”洛蒂说。

“什么法律？”

“规定他们必须在十四岁前接受教育的法律。”艾伯特没好气地说。

“有这样的法律吗？”

“看到没？”艾伯特转向洛蒂，“她根本就不知道。”

他感到相当得意。但与此同时，仅是证明了一个小孩的错误就让他如此高兴，他又感到有点羞愧。而当他意识到洛蒂并没有在听他说话时，这两种感觉都变成了恼怒。

“‘必须在十四岁前接受教育’，”洛蒂重复道，“这是你说的，对吗？”

艾伯特皱起了眉头。她一定在密谋什么，但是什么呢？

“我的意思是，”洛蒂继续说，“能不能找人在家里教我们？或在他家里？甚至是在船上？找一个知书达理的人，比如家庭教师？”

“我想可以吧，没错。”

“找一个像克拉拉小姐这样，是个作家，所以一定很有学识的人？”本惊讶地看着她。克拉拉也惊愕地盯着她。艾伯特挠了挠头。

“像克拉拉小姐这样的人。没错，我想她可以。”

“可是我不想成为一名老师！”克拉拉抗议道。

洛蒂转过身来面对着她。艾伯特预感到又一场斗争即将登场，他决定趁他的尊严还有挽回的余地，先打退堂鼓，并宣布他很快就会回来。

在他走的时候，他有一种很不舒服的感觉。

而对于本和洛蒂，他有一种不得不去适应的感觉。

这个小群体——除开艾伯特，但包括本从雀鹰号里放出来的狗狗们——正朝小屋走去。克拉拉感到更加困惑了。

“我不想当老师。”她重申了一遍，“我是个作家，我需要平和、安静，我需要独处。我希望你们离开。”

本向来就不是喜欢惹麻烦的人，他不安地瞥了洛蒂一眼。洛蒂无动于衷，她一屁股坐在炉火旁两把软塌的扶手椅中的一把上。

“你有好多书呀。”她从地板上捡起一本诗集，开始拼念作者的名字，“狗胆！狗蛋？”

“是歌德。这是诗歌，德国的。”

“德国？”本很恼火。

“我不知道德国还有诗歌。”洛蒂说。

“有的，还很优美。”克拉拉脸一红，忍住了把书往洛蒂脑袋上扔的冲动。

“可是你为什么要读德国的诗歌？”本逼问道，“我们才跟他们打了一场仗。”

“诗歌是没有国界的。”克拉拉冷冷地告诉他。

本哼了一声，不以为然。洛蒂放下歌德的诗歌，拿起另一本说：“这本也是德国的吗？看哪，标题上有你的名字，是叫《致克拉拉》吗？”

“还给我！”克拉拉一把夺过洛蒂手中的书。

“你应该告诉我舅舅关于德国人和诗歌的事。他认为所有外国人都是野蛮的，包括我，因为我有一半的法国血统。你能教我们德国诗歌吗？”

“德国的不行。”本果断地说。

“什么都不行！”克拉拉大喊道。

“但这才是完美的解决方案！”洛蒂说。

“解决什么的方案？”克拉拉尖声问道。

“反正你舅舅也不会让你和我一起上课的。”本没理会克拉拉，说道，“他太高贵了。”

“不过他也很小气。我敢打赌，让克拉拉小姐上课的花费肯定没有去学校的多。我无意冒犯，克拉拉小姐。”

壁炉上的钟开始半点报时，克拉拉突然感到疲惫不堪。从车站走到这里要花十分钟，如果桥不通，绕远路的话，最多二十分钟。马克斯今晚不会来了。她在洛蒂对面的扶手椅坐下来，闭上了眼睛。

“解决什么的完美方案？”她问。

“本有他的工作，”洛蒂解释说，“而我有个难题——我的狗费德里科。”

“那只被你偷来的狗？”克拉拉睁开眼睛，看到洛蒂一脸惊恐，不由为自己的话感到抱歉，“别担心，我不会说出去的。”

“事情是这样的。”洛蒂听起来更闷闷不乐了，“如果我舅舅听说了这条法律，他会把我赶走的。他太势利了，即使大巴顿学校便宜一些，他也不会让我去那里的。所以你看，请家教是唯一的办法了，它值得一试。说实话，就算不是为了费德里科，我也不能忍受再去学校了。”

“她们把她关在煤窖里，”本说，“整整一夜。”

克拉拉想起了自己的学生生涯，抿紧了嘴唇。

“你能教我们吗？”洛蒂佯装的自信此刻荡然无存，她几乎是在哀求，“我保证我会乖乖听话的。我其实是很想学习的。昨天我突然有了一个想法，我可以成为一名动物医生。我从费德里科的脚上拔出过一根刺，然后它用那双充满感激的大眼睛看着我——它的眼睛真漂亮呀——于是我想，要是能一直做这些事就好了！为此，我需要接受正规的教育才行。本，如果你有时间接受教育，并且可以做任何你想做的事，成为任何你想成为的人，你会希望自己是什么样的呢？就像克拉拉小姐是个作家，我是动物医生一样，你会……”

“我会去建造桥梁，”这个答案不知从何而来，但在他说出口的一瞬间，本就知道这是他真正的想法，“还有船，就像工程师布鲁内尔先生一样。内森有一次带我们去布里斯托尔，去看布鲁内尔先生在峡谷上建的吊桥，那真的是……”

他的声音渐渐低了下去。当他第一次看到布鲁内尔先生的桥悬挂在克利夫顿峡谷上方两百四十五英尺处时，任何语言都无法形容他当时的感受。

洛蒂微笑着说：“那对你而言一定是一件很棒的事，本。”

房间里突然安静下来。克拉拉想起了她第一次见到这两个孩子时，他们一起坐在雀鹰号船顶上的情景，想起了当时那种一切皆有可能的感觉。马克斯会喜欢这两个孩子的，她想，我也喜欢他们。

“好吧，”她说，“我可以教你们。”

第六章

这是洛蒂遇到克拉拉和艾伯特后的第二天早晨。在巴顿莱西庄园的书房里，休伯特坐在洛蒂爸爸的椅子上，他面前的书桌上铺着一张地图。当看到他的外甥女站在他面前精美的波斯地毯上时，他勃然大怒。在先前吃早餐的时候，他的妻子告诉他，克拉里昂夫人每年都去苏格兰，她不敢相信内瑟伯里夫妇从来没有去过。休伯特必须马上制订一个度假计划了，不管费用有多么昂贵。当洛蒂敲门时，他正忙着计划的事，他不喜欢被人打扰。

“我不明白你要家教干什么。”他怨气满满地说。

洛蒂打着哆嗦，不敢正视她舅舅的双眼，但她还是设法让自己的声音保持平稳。

“为了教我。”她说，“而且，还有法律的原因。”

“什么法律？”

洛蒂已经提前准备好了她的故事，现在只需要鼓起勇气，把它说出来。

“我在图书馆遇到了一位女士……”

“什么女士？”

“家庭教师。”

“女家庭教师？”

“我去图书馆还书，”洛蒂滔滔不绝地说了起来，“那是一本狄更斯的小说《雾都孤儿》，她也喜欢狄更斯，所以她问我看过《远大前程》吗，我说看过，在学校看的。她说哦，那你读的是什么学校呀，我说之前我读的是圣玛格丽特女子学校，但我不得不离开了。然后她说那你现在在哪儿读书呢，我说我现在在家里做些有用的事。她说可是你才几岁呀，亲爱的？你不知道去年出台了一项新法律，规定了你必须接受教育到十四岁吗？”

休伯特舅舅发出了慌张后的咳嗽声。洛蒂开始暗自得意起来。

“我说我必须得告诉我舅舅和舅妈！但我怕他们不愿意让我再离开，因为我对舅妈而言是相当有用的好帮手，然后她说好吧，我上午会很忙，但如果你舅妈下午能给你空出时间来，我可以给你上课，帮助你获得学校证书——显然，这是个相当不错的代替学校的选择——当然，还便宜得多。于是我说……”

“够了！”休伯特舅舅大吼一声。

“他同意啦！”洛蒂一边大喊着，一边向雀鹰号跑去，“本，我舅舅同意了！我可以跟你和克拉拉一起学习啦！我不用去学校了！”洛蒂一边转圈，一边拍打着缝补过的水手服裙子，然后从挎包里掏出一个压扁了的蜡纸包裹，“我说服他了！我！休伯特舅舅！把水烧上，莎莉给了我蛋糕！”

他们并肩坐在狭小的前甲板上喝着茶，双腿在水面上晃荡。

“你是怎么说服他的？”本问道。

“我只是告诉了他真相。”洛蒂龇牙笑了笑，把一块蛋糕掰成两半给狗狗们吃。

“洛蒂！”

“好吧，或许不是百分百的真相。我没有提到艾伯特警官，也没有提到你。他想见见克拉拉，所以我们得确保她看上去像样点。他并没有完全放弃让我去学校的想法，所以我还得继续表现好些。如果他喜欢克拉拉，他同意会给她一段试用期。五月底，他和薇拉要去苏格兰度个可怕的假。在那之前，我必须向他证明我可以表现得很好。实际上，不只是很好，我必须成为一个模范。”洛蒂挺起了胸膛，把嘴唇噘得高高的，模仿起她舅舅的样子，“做个模范，小姑娘，我可是说真的，不然我就把你送到学校去。在那里，他们会在早餐前用刺荨麻抽打你，而且唯一的食物就是虫子冷粥。”

本大笑起来。洛蒂用肩膀撞了他一下。

“走吧，我们去告诉克拉拉小姐！”

两天后，克拉拉穿着一套她战前穿的西装和一双挺相配的长筒袜，前往巴顿莱西庄园面试。休伯特给她开的工资低得惊人，但她还是接受了，因为她心疼他的外甥女。

克拉拉的第一节课，每个人都上得很开心，包括克拉拉自己。

课堂的内容由她在公共图书馆找到的书决定，课堂全程学生积极参与其中，课堂的总体气氛是人声鼎沸、喋喋不休、乱作一团。

“这里有一本关于英国国王和王后的书。”当他们来到她的小屋时，克拉拉告诉他们，“请读一读。”

“这也太大一本了。”本抗议道。

“我相信你们一定会迎接挑战的。”

“我们有两个人，却只有一本书。”

“你读前半部分，我读后半部分，”洛蒂建议道，“然后我们可以告诉对方发生了什么。”

“解决方法太棒了，洛蒂！”克拉拉说。她曾在学校受过一位老师的表扬，她永远也不会忘记那种感受，“现在来看一首著名的法国诗，这是我最喜欢的诗之一。它描写的是雨温柔地落在镇上，而诗人觉得雨仿佛落进了他的心里。”

“听起来很悲伤。”本说。

“其实还挺美的。”洛蒂告诉他，“以前每当下雨的时候，爸爸就会背诵这首诗。”

“很好，洛蒂，那你可以教本这首诗了。对了，我还找到了一本关于奶牛消化系统的书。如果你想成为一名兽医，你就得了解这些东西。我想你可以把这些图表抄下来。本，你看，这儿有一本关于著名桥梁的书，你也可以抄抄。然后我想，我们最好学点数学，还有地理——不过我对地理一窍不通。”

“我喜欢地理。”本说，“我们雀鹰号上有很多地图之类的东西。”

“那真是太好了！”克拉拉虽这么说却一脸怀疑，“我想地理学的内容肯定不只是地图，但我们可以从地图开始。Nil desperandum，就像修女在医院里常说的那样——永不绝望！噢，天哪，我们还得学拉丁文……”

“我在圣玛格丽特学校学过很多拉丁文，女士。”

“洛蒂，请叫我克拉拉！女士听上去太老气了，我才只有二十三岁。”

“我在圣玛格丽特学校学过很多拉丁文，克拉拉。其实我学得可好了，我可以教拉丁文！”

在五点的火车抵达之前，克拉拉让他们放学离开了。克拉拉笑着说，这堂课上得非常民主。

当他们在雀鹰号分别时，洛蒂开心地告诉本：“民主的意思是由我们说了算！而且，本，你有没有注意到克拉拉笑起来有多漂亮？就好像她仍然那么年轻！”

是的，每个人都喜欢和克拉拉一起上课。在接下来的几个星期里，这种新的生活方式似乎颇有成效。本和洛蒂在家里用功读书，在船坞认真干活，努力成为有用之才和模范之人，也奋力把雀鹰号修整如新。克拉拉忙里忙外，不再感到孤单，脸上的笑容也越来越多了。费德里科长胖了，它的毛也变得越来越有光泽。可不知道出于什么原因，埃尔西白天大部分时间都在睡觉。

洛蒂全心全意地当好模范。她时刻保持整洁、温顺和感恩，从不大喊大叫，从不快速奔跑，在需要她的时候热心帮忙，在不需要她的时候消失不见。快了，洛蒂告诉自己，她要告诉他们费德里科的事。把它藏起来对它太不公平了。天还没亮洛蒂就起床，趁着她舅舅和舅妈还没醒来，她带费德里科出去遛弯。下午她就带它出去跑个痛快。但在剩下的时间里，在扎奇干活的时候，费德里科还是要被绑在小屋后面。对于一只喜欢交际的狗而言，这样的生活简直惨不忍睹，洛蒂也筋疲力尽。平心而论，她也曾尝试过告诉她舅舅。有两次，她鼓起勇气去敲书房的门。每次他示意她进去时，她的视线都瞟向他那弯曲又松开的手，然后她便失去了勇气。

快了，快了，快了……但时机未到。

"快了。"也是本每次回到雀鹰号时，对艾伯特的回答。艾伯特听说克拉拉要给本和洛蒂做家教，很是高兴，便不再提学校的事。但在萨姆的问题上，他依然坚持不懈。

"有什么消息吗？"他每周至少询问一次。

"快了。"本会这么回答，以争取更多时间。

快了，快了，快了……

白天变得更长了，蓝铃花开遍了整个树林。在正常情况下，洛蒂会喜欢徜徉在花丛中，就像过去和她父母在一起时一样。爸爸很喜欢蓝铃花，喜欢它们在林地上空随风摇曳，就像神秘的蓝色海洋一样。“这么大一片蓝色海洋，我们该驶向哪儿呢？”在散步的时候他会这么说。他们一家会在外面，呼吸着甜美的蓝铃花的芳香，编造着历险的故事，一直待到夜幕降临。

但现在不是正常情况。

在表面之下，秘密在暗暗涌动。

迟早，所有的秘密都会汹涌而出。

第七章

在前往苏格兰度假的前一天上午，薇拉举行了她的倒数第二个妇女协会委员会的宴会。克拉里昂夫人也在与会之列，薇拉迫不及待地想给她留下好印象。

洛蒂要去当有用的好帮手，给大家分发三明治。

她乐观的情绪油然而生。这是克拉拉试用期的最后一天：很快，寄宿学校的威胁就有望永远消失。从明天开始，差不多整整一个星期，巴顿莱西都归她独享了。当内瑟伯里夫妇度假回来，趁着他们心情轻松又愉快，她就会介绍费德里科给他们认识。

基本上就这么定了。

现在，她只需要再多做一天的模范工作。

洛蒂不敢心存侥幸。她比往常起得更早，带费德里科去遛弯。她一直牵着它，以防它去了不该去的地方。她在外面待的时间比以往缩短了一半，以防她舅舅和舅妈也早起。但不幸的是，她为了赶紧回家，把费德里科拴在扎奇小屋后面时，没有注意到它的绳子已经磨损得非常严重了……

洛蒂回到自己的房间，毫无怨言地穿上舅妈挑选的一套硬邦邦的老式水手服，编好辫子，把脸洗得锃亮。在她下楼吃早餐时，薇拉舅妈几乎是赞许地看着她。

阳光明媚，巴顿莱西美不胜收。客厅的落地窗敞开着，树木和百合花的香味飘了进来。委员会的女士们纷纷到达。当她们夸房子很漂亮时，薇拉舅妈不禁扬扬得意。洛蒂默不作声，拿起了三明治托盘。

“你为你的舅妈增光了。”克拉里昂夫人对她说。

洛蒂低身行了一个完美的屈膝礼。薇拉舅妈摆出一副假笑。

一切都进展得很顺利。

可是费德里科却越来越焦躁不安。

自从它被绑在扎奇小屋后面开始，整整八个星期以来，它一直在研究着逃跑计划。这个计划很简单——它只是一只简单的狗——但却是个绝妙的计划。

它在咬断它的绳子。

咬多少取决于它有多无聊。今天，在它的散步时间被压缩之后，它确实感到无聊透顶。

于是费德里科就这样咬啊咬。

就在洛蒂开始分发三明治的时候，最后一股磨损的绳子啪的一声断了。费德里科跳跃着离开小屋，悄无声息地从正在水果架上干活的扎奇身边飞奔而过，逃去找洛蒂了。

它穿过洛蒂爸爸教她骑马的山毛榉小巷，经过洛蒂妈妈的秘密读书胜地，跑过小桥。它在精致的草坪上停下来小便，还挖了个坑，在里面打了个滚儿，再跳进小溪里，然后使劲甩了甩身上的水。最后，它想起了自己的初衷，又继续出发了。

当它离落地窗三十英尺的时候，一只野鸡引起了它的注意。

费德里科的速度很快。在巴顿莱西平静的土地上，没见过捕食者的野鸡对此猝不及防。费德里科疾奔而来。当野鸡拍打翅膀飞起来的时候，这只小狗咬住了它尾部的羽毛。

野鸡失去了平衡。费德里科腾空一跳，野鸡放声一叫。啪的一下，费德里科把它的脖子死死咬住了。

它在客厅的亮相让场面变得十分壮观。几位女士惊叫起来。牧师的妻子是个讲求实际的人，她试图把这只野鸡抢走，但费德里科却拒绝松口。薇拉舅妈身上先是变成了罂粟花般的红色，然后是脏雪的颜色。

洛蒂目瞪口呆。

费德里科小心翼翼、风度翩翩地把死掉的野鸡放在她的脚边，就像献上一份大礼一样，然后它坐回原地，摇着尾巴。

“汪？”

“真是没想到！”克拉里昂夫人惊呼道，“这不是马拉奇·坎贝尔的吉娃娃吗！”

第八章

薇拉舅妈尖叫着去找她的丈夫。委员会的女士们都离开了，但在此之前，克拉里昂夫人解释了马拉奇·坎贝尔曾经想把这只狗卖给她——那时候的它确实比现在瘦一些，但她只要看它的耳朵就能认出是它！此时，洛蒂蜷缩在落地窗旁，抱着浑身发抖的费德里科，试图向她那火冒三丈的舅舅和心慌意乱的舅妈解释。

“我没有偷它，我是救了它。”她结结巴巴地说，“马拉奇·坎贝尔养它的方式太残忍了。总得有人做点什么……”

“待在那儿！”休伯特舅舅大发雷霆，“别动。我要去打电话报警。”

他大步走进了大厅。在一阵简短又高声地对话过后，他又快步走了回来。

“我和那个艾伯特警官谈过了，”他怒气冲冲地对妻子说，“他说没有人报告盗狗的案件，还说这个叫马拉奇·坎贝尔的是个有名的骗子，搞不好这只狗还是他偷来的。然后当我命令他亲自来把这只怪物抓走时，他竟敢对我说他休假去了！‘明天可以从流浪狗收容所派人过来。’他说。所以现在——”他怒视着洛蒂，“除了要窝藏一个真正的小偷之外，我们还得庇护这只小畜生。”

他一个箭步向前，抓住费德里科的后颈。这只小狗试图嚎叫，可是它的喉咙被掐得太紧了。

“你弄疼它了！”

洛蒂忘记了对舅舅的恐惧。休伯特仍然抓着费德里科的脖子，阔步走出客厅，沿着仆人的走廊向洗碗间走去。他一边大声呼叫莎莉，一边打开了煤窖。一路上洛蒂对他横拖竖拽，拳打脚踢，每一步都在跟他抗争。他一次又一次地把她推到一边，她一次又一次地反击回去。

但是她的体型比她舅舅的小太多了。莎莉紧闭双唇，打开了煤窖的门。洛蒂用拳头猛捶休伯特的后背，但他还是从煤窖口的楼梯上把费德里科扔了下去，仿佛在扔一个轻飘飘的羽毛枕头。

然后他转向她。

这一次，他一耳光打得洛蒂眼冒金星。

趁着洛蒂还在晕头转向，他一把抓住她的头发，拖着她沿着走廊，爬上楼梯，回到她自己的房间里。

“野蛮人！”他怒吼着把她扔了进去。

他砰的一声把门关上，然后锁上了锁。

“让我出去！”洛蒂尖叫道，“这是我的房子！你不能把我锁起来！”

“我想做什么就做什么，直到你满二十一岁。”她舅舅大吼道，“你给我在里面待着，直到我找到一个愿意收你的破学校！”

洛蒂往门上踢了一脚。

“我不会去学校的！我也不会让你把费德里科送进收容所的！”

她舅舅放声大笑起来，吓得洛蒂的血液都凝固了。“哦，用不着害怕，”休伯特说，不知怎么的，他轻声说话比大声吼叫更令人恐惧，“送去收容所真是便宜这只小畜生了。我要叫人来把它毙了。”

过了一会儿，莎莉端了一盘食物上来，她看到洛蒂背靠着墙坐在地板上。

“我不饿。”洛蒂的声音因为之前的尖叫而变得沙哑，脸蛋因为哭泣而变得浮肿。

莎莉放下托盘，与洛蒂一起坐在地板上。

“要抱一下吗？”

洛蒂点点头，又哭了起来。她们静静地坐了一会儿，莎莉用宽大的臂弯搂着洛蒂瘦小的身躯，直到她的哭声渐渐停止，她们才得以交谈。

“我得到了新消息，”莎莉说，“你准备好听了吗？”

洛蒂用力吸了下鼻子。

“你舅舅找了所愿意收你的学校，”莎莉说，“叫圣维妮弗雷德女子学院，在彭布罗克郡。是克拉里昂夫人推荐的，所以你可以想象你舅妈那模样，满嘴‘谢谢您，尊敬的夫人’之类的。势利小人！星期天，也就是后天，你就要离开了。我会送你上火车的。很抱歉，洛蒂，我知道这是你最不想要的。”

奇怪的是，洛蒂心想，她竟然对此毫不在乎。就算她舅舅把她送到火星，她内心也毫无波澜。此刻她只在乎一件事。

“费德里科呢？”

“噢，洛蒂。”莎莉用胳膊紧紧搂住洛蒂的肩膀，“我很抱歉，亲爱的。明天在你舅舅和舅妈动身去苏格兰之前，会派一个小伙子从家庭农场过来把它毙了。”

可怜的费德里科，洛蒂呆呆地想，可怜的、亲爱的、淘气的费德里科。她曾试图营救它，没想到却给它判了死刑。她想起了在学校煤窖里度过的那个夜晚，那种漫长可怕的孤单，不禁打了个寒战。

洛蒂眉头紧锁。那个漫长的夜晚啊……

费德里科还没有死。还有一个晚上，整整一个晚上，可以把它从煤窖里救出来，然后把它偷偷送到雀鹰号上。本会帮忙的——或许克拉拉也会。他们会一起想办法的。

洛蒂从莎莉的怀里挣脱出来。

“莎莉，”她说，“你能帮我吗？”

在你最需要安静的时候，这栋房子却偏偏响声不断！

洛蒂穿戴整齐，躺在床罩里。她听到舅舅和舅妈上楼的声音，听到浴室水龙头的声音，听到他们模糊的说话声音，最后终于安静了下来。午夜过后没多久，莎莉轻轻地敲了敲洛蒂的门，然后转动钥匙开了锁。

走下楼梯时，她们尽可能地轻手轻脚，可是地板的嘎嘎声、楼梯的吱吱声是如此响亮……还有洛蒂的心脏跳动的声音！

肯定有人能听到她的心跳！

她们在大厅停下来，确保没有人跟踪，然后偷偷摸摸地朝走廊走去。当她们走近洗碗间时，费德里科听到了她们的声音，开始嚎叫起来。

“我一开门，你就抓住它，把它带出去。”莎莉悄声说，“我的天，希望它能不叫，剩下的就交给我吧。”

“你打算怎么办？”洛蒂小声问道。

“我准备把煤堆在运输舱门下面，然后我再把门推开，让它看起来像是狗爬上楼梯后，从门缝挤了出去。”

“舅舅绝对不会相信的。”

“你有更好的计划吗？”

她们走下了煤窖，洛蒂想起了学校，不禁又颤抖起来。但这时费德里科跳进了她的怀里。她用手捂住它的口鼻，不让它出声，同时不停地亲吻它。

“快走吧。”莎莉说。

在这夜影重重的世界里，在皎洁明月的照耀下，洛蒂和费德里科跑过了花园，跑到了山上。他们走进了树林。在夜晚的空气中，蓝铃花的香味迎面扑来，令人陶醉又甜蜜。洛蒂把对父母的回忆推到一旁，现在可不是回想那些在林中漫步的美好夜晚的时候。但当他们走近运河时，一只夜莺开始歌唱，另一段回忆突然击中了洛蒂的心，她不禁弯下了腰。

傍晚，盛夏，俯瞰河面，一个大人在花园里歌唱。

唱吧，夜莺，唱吧，你有一颗快乐的心……

她把费德里科抱起来，再次把它紧紧拥入怀中。

不用再跑了，费德里科得救了。可是他们还是要分开，她还是会被送走。

洛蒂的心情不是快乐，而是沉重。为了让她和费德里科最后相伴的时光能再持续久一点儿，她朝着雀鹰号慢慢地走完了剩下的路程。

第九章

本失眠了。在床上辗转反侧了几个小时后，他穿上靴子和针织套衫，卷起毯子，把埃尔西摇醒，然后和它一起爬上船顶。

真是奇怪的一天。首先，洛蒂没有像往常那样来找他一起去上课。其次，当他一个人去克拉拉家时，发现她的门已经锁上了，门框上还钉着一张给他和洛蒂的便条，上面说她要走了。第三……

第三，今天下午，艾伯特又来了。

“我只是来告诉你，我给陆军部写了信。”艾伯特对本说，“询问他们你的那个哥哥什么时候回家。我想，由警察开口问的话，也许他们会给出一个确切的日期。我要去看我的儿子了，周三才回来。这些事急不了，但希望在我回来时能有个答复。”

短短几句话，但却让本的世界地动山摇。

除非奇迹出现，萨姆在周三之前回来，否则艾伯特就会知道真相。然后会发生什么呢？本坐在雀鹰号的船顶上，用双臂痛苦地抱着自己的身体。

夏天，他和萨姆在这儿度过了多少个夜晚啊！虽然睡得不好，但总比在闷热的船舱里强。八月初的时候，内森也经常到船顶上看英仙座流星雨。他们裹着毯子挤在一起，喝下一杯又一杯的茶；在流星划过天际时，许下一个又一个的愿望。本一直很爱雀鹰号，但最爱的还是夜幕中的它。

如果今晚本看到一颗流星，他会许下什么愿望呢？很简单，他会希望萨姆回来。不，是萨姆不曾离开。萨姆不曾离开，内森仍然活着，战争从来没有发生过。

唉，他的哥哥究竟在哪里呢？

埃尔西又进入了梦乡，但此时不知道什么东西把它从睡梦中唤醒了。它连忙站起来，发出一阵短促的叫声，仿佛已经认出了对方。本顺着它的目光，看到洛蒂和费德里科正朝雀鹰号走来。

本惊讶万分，但又感到担忧。不只是因为现在是半夜——洛蒂走路的方式有些不对劲；她走得慢吞吞的，仿佛不想抵达一样……她在雀鹰号旁停下来，抬起头，本发现她一直在哭。他伸出一只手，把她拉上了船顶，费德里科也跟着爬了上去。

“发生什么事了？”

洛蒂扑倒在毯子上：“噢，本，太可怕了！”

她语无伦次地讲述了当天发生的事。

“休伯特舅舅很生气，”她总结道，“或许我去学校比较好，即使她们把我关在煤窖里，让我吃虫子。”她伸手揉了揉脸颊上被舅舅打过的地方，试图挤出个笑容。本越听越生气，他很心疼她。如果他有个舅舅不仅打他，还威胁说要杀了他的狗，他想他是不可能笑得出来的。

“我会勇敢的，”洛蒂继续说道，“但我需要你的帮助，本，帮我照顾费德里科，可以吗？因为如果你不帮忙的话，它就真的要没命了。”

“洛蒂……”

听到本说话的语气，洛蒂不安地挪了挪脚。自从她来了之后，她第一次意识到时间已经很晚了，天气也很冷，而此时应该在船舱里睡觉的本，却醒着坐在船顶上。

“你也发生了一些事。”

本使劲眨了眨眼，把眼泪憋了回去。如果洛蒂能笑着解决她的问题，他至少能做到的就是不哭泣。

“艾伯特。”他咕哝道。

“艾伯特警官？”

“他给陆军部写了信，问萨姆什么时候回来。”

洛蒂凝视着他，似乎期待着他说下去。她不明白。他从来没有告诉过她真相，她怎么会明白呢？

“但这是件好事，不是吗？”她问，“他是个警察，也许你终于能得到答案了。距离上一次陆军部来信有多久了？”

本把目光从洛蒂身上移开，转而望向在月光下闪闪发光的运河。

“陆军部从来没有来过信。”

他努力让自己的声音听起来很冷静，仿佛为了这么点小事对你最好的朋友撒了几个星期的谎是完全正常的，可说出来的话却是难掩气愤。

洛蒂倒吸了一口气。本望着运河，望得更加入神了。

“没有信？”

“没有信。”

“你骗了我！”洛蒂被激怒了，“我都不知道你还会撒谎。”

“这是我能想到的唯一不跟默西走的办法！”本为自己辩护道，“我必须留在雀鹰号上。如果萨姆回来了，而我不在这里怎么办？但现在陆军部要告诉艾伯特，萨姆不回来了，艾伯特就不会让我继续住在这里了，不是吗？那雀鹰号会怎么样？埃尔西又会怎么样呢？”

他看了看把头枕在他腿上，又在毯子上睡着的狗，声音哽咽了。洛蒂把她的愤怒抛在了脑后。

“把一切都告诉我吧。”她说，“一五一十地告诉我。萨姆到底会不会回来？我都被搞糊涂了。”

本深吸了一口气。“确实容易搞糊涂。”他坦白说，“在内森死了之后，与他一起同住的农民把他所有的东西都寄了回来，并附上一封信，解释了萨姆养伤的战地医院是如何被摧毁的。他……他说他亲自把内森埋在了小镇新教教堂的墓地里。我回信询问萨姆的消息，但他不知道——只是说死了很多人，伤员被转移到了附近的其他医院。再后来，陆军部发来了一封电报……”

“你是指一封信。”洛蒂说。

“我不是告诉你了，根本没有信。”虽然对洛蒂发火很不公平，但他实在难以控制自己，这不是她的问题——是整件事的问题，“他们发来了电报，说萨姆‘失踪了，可能已遇害’。就这些。”

“那你怎么……”

“他也可能还活着。”本坚持说，“‘可能已遇害’并不代表真的遇害了。而且如果他死了，我也会知道的，不是吗？我是说，我能感觉到。你没有感觉到你父母的事吗？”

对于她父母的离世，洛蒂没有一点一滴的概念，没有一丝一毫的预感，直到一个仆人告诉她。但她明白，对本来说，相信他自己的话是真的有那么重要。所以她没有回答他的问题，而是问道：“本，如果萨姆还活着，他会在哪儿？”

“我不知道！”本的眼泪又卷土重来，而且有夺眶而出的风险，“在法国？那家医院在一个叫布伊索的小镇附近，在一条河边。我记得那条河，因为内森信里写过，他们用驳船把伤员送到那里。他开玩笑说，他就该开着雀鹰号去把萨姆接回来。洛蒂，你没事吧？”

洛蒂一下僵住了。

“布伊索。”她说。她感到头晕目眩，还有点恶心，因为她能清晰地看到——非常、非常清晰地看到——她和父母一起在布伊索度过的时光。他们正在去阿尔芒德穆恩家的路上，中途在那里停下来吃午饭。她之所以记得，是因为那是她第一次喝菠萝汁，直到现在她仍然惊叹不已：竟然有这么美味的东西存在。但现在不是谈论菠萝汁和童年假期的时候。洛蒂常常很容易被情绪牵着鼻子走，她本能地知道这段回忆太刻骨铭心了，如果她聊起清凉甘甜的果汁和随之涌起的回忆——尘土飞扬的广场上阳光明媚的咖啡馆露台、妈妈白色的裙子、爸爸的草帽——她就会对本、萨姆和面前的一切浑然不觉。

本不需要回忆，他需要的是切实可行的解决方案。

“我们去和克拉拉谈谈，”洛蒂说，“她会有办法的。”

“克拉拉走了。”本说着，从口袋里掏出克拉拉门上的便条。

“‘我去伦敦了，不知道什么时候回来。’”洛蒂念道，“就这些？”

“就这些。”

“在我们最需要她的时候，就这么一走了之了。”

“说句公道话，她走的时候也不知情。”

他们沉默地坐着，满是背叛感和挫败感。这时一阵微风吹拂而过。

“我们应该逃跑。”洛蒂说。

“可是跑去哪里呢？”本问。

风刮得越来越大了，树林里散发出蓝铃花的芬芳。

这么大一片蓝色海洋，洛蒂，我们该驶向哪儿呢？

就这样，洛蒂心里有数了。

“法国？”

在洛蒂对本说过的所有荒唐话中，这是最荒唐的一句。

“没错！去找你的哥哥！如果他还活着……”

“他还活着。”

“可是他没给你写信呀。”洛蒂抬起手安抚他，“别生气，听着，他为什么没有写信？”

“不知道。”本嘟囔着说。

“我们进去吧。”洛蒂说，“我一天都没吃东西了，又想这想那害得我都饿了。”

在船舱里，本去泡茶，洛蒂在橱柜里找饼干吃。

“也许萨姆不想回来了。”她一边找一边说，“但这似乎不太可能，因为有你、埃尔西和雀鹰号在，他怎么会不想回来呢？所以也许他病了，头部受伤，躺在某个医院里，等着你去找他……”

“怎么找？”本问，“他都失踪了，我们怎么找他？”

洛蒂发出一声胜利的欢呼，她找到了饼干罐，然后取出一把玛丽饼干。

“我们从被轰炸的医院开始。”她含着满嘴饼干说，

“我们去找和内森同住的农民，去拜访伤员被送往的医院，去询问每个在那里工作的人是否见过他。你有萨姆的照片吗？很好，我们把照片给大家看。不找到认得他的人，我们绝不离开。”

“这是行不通的。”本说，话虽如此，他还是感到自己心跳加快了。

“你不试试怎么知道？”洛蒂开始在船舱里踱来踱去，“本，你难道没有厌倦别人对你指手画脚吗？自从我父母去世后，我的人生就再也没有选择的机会了。在学校，我甚至不能选择什么时候刷牙或看书，或什么都不做，只做白日梦。在巴顿莱西也好不到哪里去。噢，我可以选择被开除，救出费德里科。但看看现在的我！试图把它藏起来，而自己又要被送走了！再看看你！你等萨姆回家等了多久了？几个月了！他还没回来！好吧，我不想再让别人替我做主了。就像克拉拉教我们的那样，这才是民主。我要自己说了算！我说我们要亲自去找萨姆！然后……”

“然后呢？”

洛蒂闪烁其词：“没什么，只是一个想法。”

“然后，”她本来想说，“或许我可以去找我的祖母。”但她不确定自己对此的想法。穆恩没有遵守诺言，突然停止了来信……她对被穆恩拒绝的恐惧，几乎和她对穆恩的渴望一样强烈。

“艾伯特走了，”她继续说，“我听我舅舅说的。你知道他什么时候回来吗？”

“星期三。”本说，“但是洛蒂，这和……”

“星期三，”洛蒂打断了他的话，“克拉拉也走了，去忙她自己的事。我舅舅和舅妈早上要去苏格兰……我也应该星期天去学校……太完美了，本！没等他们反应过来，我们就已经远走高飞啦。”

“洛蒂！我们怎么去法国？”

她吃惊地看向他：“怎么去，当然是开着雀鹰号了！”

本感到一阵失望。他一直都清楚这个计划是不可能实现的。

“我们不能把雀鹰号开到法国去。”

“为什么不能？它是一艘船，不是吗？”

“它的船底完全是平的，没有龙骨。而且说实话，洛蒂，你还不如坐个浴缸去法国。它会沉下去的。”

“但是内森说他就该开着它去接萨姆回来的……”

“那只是开玩笑，洛蒂！”

“但值得一试！”

“如果我们被淹死了就不值得了。”

“我们会很小心的！”

“小心，开着雀鹰号，在海上？”

洛蒂若有所思地咬了一口饼干。

“如果我们不去的话，雀鹰号会怎么样？这些狗又会怎么样呢？”

“……”

“如果你去了孤儿院，他们还会让你留着埃尔西吗？”

“……”

“我可不认为孤儿院会允许养宠物。”

这太疯狂了，这太危险了，这太……无法抗拒了。

“我们需要一些补给。”他说，“食物、水、煤。而且我要好好检查一下雀鹰号。我们还需要一张地图。我不知道怎样开窄船去法国，当然我也不知道到了那儿我们该怎么办。”

洛蒂咧嘴一笑。

“我们也需要钱。”本接着说，“除了从船坞拿到的工资，我就没别的钱了，这些钱不够我们走太远的。”

“我能弄到钱。”洛蒂的眼睛开始发光。费德里科察觉到了有新情况，开始狂吠起来。就连埃尔西也醒了过来，拍打着尾巴。

“我们得赶紧出发了，在他们回来之前，有多远走多远。克拉拉会觉得我们的离开很奇怪，而艾伯特不会对此置之不理，如果你舅舅发现你不在学校，后果也将会不堪设想。我还得告诉约翰·斯内尔，我不能为他工作了——我要是不出现，他会觉得有蹊跷，而且他会注意到雀鹰号不见了。”

“我们可以明天就走，”洛蒂说，“明天晚上，这样就没人看见我们了。午夜！这是开始一段冒险的好时机。还有什么？”

“如果我们死了，你要负全责。”

洛蒂不禁放声大笑，又拿了一块饼干。

第十章

洛蒂说得没错，休伯特舅舅根本就不相信费德里科是自己从煤窖里逃出来的。第二天早上，有那么一瞬间，整个逃到法国的计划看上去必败无疑了。

“夏洛特！夏洛特！那个女孩在哪里？薇拉！那只该死的狗逃跑了。是她干的，我知道是她。夏洛特，马上给我下来！”

洛蒂在克拉里昂夫人面前让内瑟伯里夫妇颜面扫地已经够糟了，现在她又让她舅舅在家庭农场派来杀狗的小伙子面前洋相百出。小伙子发现费德里科不见了，竟然幸灾乐祸地笑了起来，还说他从战场上回来可不是为了枪毙好狗的。休伯特很确信这是在讽刺他太老了，不能亲自去打仗。

“夏洛特！”

莎莉出现了，她的工作服干干净净，没有一点煤的痕迹。

“洛蒂小姐从昨晚到现在都锁在她的房间里，先生。需要我去叫她过来吗？”

“告诉她我要用鞭子打她！”

“煤窖的门闩近来松得厉害，先生。”

“莎莉，你也有份吗？”

“休伯特，亲爱的，”救星出乎意料地出现了，薇拉·内瑟伯里从楼梯上走了下来，她穿着旅行专用的粗花呢套装，脖子上系着伊泽贝尔的丝巾，“去车站的出租车就在车道上。莎莉，请把行李箱拿下来。”

“让苏格兰见鬼去吧！不把那个小鬼打一顿，我是不会去苏格兰的！莎莉，你被解雇了！解雇，听到了吗？”

“休伯特，请不要这样对员工说话。我知道夏洛特把你气得够呛，但我是不会让一个捣蛋的女学生和一只讨厌的小狗毁了我的假期的。莎莉，行李箱。”

内瑟伯里夫妇和他们的行李箱一起离开了。

洛蒂等了几分钟，确定他们已经走了，便蹑手蹑脚地下楼来到书房。

爸爸书桌后面挂着一幅油画，画的是俯瞰着阿尔芒德河的穆恩的房子。洛蒂停下来沉思了一会儿。“快了。”她说。随后，她把画从墙上拿了下来。由于画太大了，她费了一点儿劲。一个保险柜露了出来。

几年前，爸爸曾告诉过她密码锁的密码，洛蒂一直没有忘记。“以防我和你妈妈出了什么事，”爸爸说，“所有重要的东西都放在了里面。”

好吧，他们确实出事了，而现在洛蒂需要这些东西。

她屏住呼吸，来回转动拨盘，直到隐约传来咔嗒一声，门锁松开，门打开了。

保险柜里装着文件和妈妈的珠宝，全部都整整齐齐地放在素色的盒子里。洛蒂在一堆文件中找到了她的护照，把它塞进了口袋里，然后开始翻看盒子里的东西。里面有妈妈去参加午宴时戴的公主珍珠……搭配夏天裙子的石榴石，妈妈生日那天爸爸送给她的祖母绿耳环，还有洛蒂喜欢的蓝宝石，因为它和妈妈的眼睛很相配。有那么一会儿，洛蒂沉浸在那个久违的世界里，有派对和晚宴，有从楼上露台对客人的窥视，有在舞会前昂然走进房间展示自己礼服的妈妈，有芬芳的吻和丝绸轻柔的沙沙声……

但她还有活要干。

她从一个薄薄的紫色盒子里拿出一条妈妈从未戴过的钻石项链。“因为它太丑了！”妈妈曾笑着说，“它是我姑祖母阿加莎的。”

这条项链虽然难看，但天哪，当洛蒂拿起它对着灯光的时候，它是多么熠熠生辉啊！洛蒂想，它能值多少钱呢？

“洛蒂，你在干什么？”

莎莉站在书房门口，双手叉腰，脸上露出疑惑的表情。洛蒂一下把钻石项链藏到背后，然后才想起莎莉是她的朋友。

“莎莉，如果想卖项链的话，你会去哪里呢？”

莎莉走进房间，盯着地板上的宝石：“解释一下？”

她该告诉莎莉多少呢？

“我已经决定，”洛蒂小心翼翼地说，“不去学校了。”

“那你要去哪里？”莎莉追问道。

“我想，”洛蒂说，“我不能告诉你，这样对我们都好些。”

莎莉思忖片刻，然后点了点头说：“好吧。”

“所以呢？”洛蒂问道，“你会去哪里卖项链？”

“如果你想赚快钱，就不用卖掉它，你可以把它拿去当铺。”莎莉说，“但他们不会和你交易的，你太小了。”

洛蒂深受打击，但这并不意外。在成年人主宰的世界里，小孩子当然不能自己去卖珠宝。洛蒂必须想个办法。

“莎莉……”

“不行。”

“你还不知道我要说什么呢！”

“我知道。你要我帮你把那条项链当了，我不会这么做的。我是不喜欢你的舅舅和舅妈，但我不会偷他们的东西。”

“这不是偷他们的东西！”洛蒂解释道，“莎莉，这是我的项链！我继承的，它百分之百属于我。而且莎莉……如果我说把典当项链的钱分你一部分呢？作为结婚礼物，也是给你的酒吧！”

莎莉离开了，她对这笔交易心满意足。洛蒂又开始独自一人把珠宝盒放回保险柜里。她的目光落在一个比较新的盒子上，它比其他盒子小得多，藏在后面几乎看不见。出于好奇，她伸手进去拿了出来。

“噢！”

是爸爸的图章戒指，一件传家宝，深红色的玛瑙上刻着鹰头，金制的底座上雕着百合花。爸爸有时戴着它以求好运——显然，在失事那天他忘记戴了。

“嗯，我们现在需要点运气了。”洛蒂把戒指从盒子里拿出来，装进口袋里，然后把剩下的盒子都放回保险柜。她锁上保险柜，把画重新挂回墙上，尽可能把它摆正，然后匆匆出了书房，为旅途做准备。

趁着莎莉进城，洛蒂在食品室里转来转去，把各种东西——果酱、人造黄油、饼干、罐头汤、豌豆、桃子、香肠、菜豆塞进背包里。她从储物柜里拿出肥皂、牙粉、火柴、蜡烛。跟拿项链相比，她拿这些东西的时候并不觉得愧疚——毕竟这是用她的钱买的。她唯一觉得愧疚的是当她跟扎奇告别时，她撒了谎。

“我明天早上就要去学校了。”她告诉他，“我想谢谢你为费德里科所做的一切。对了，我没有告诉我舅舅你帮了我。他以为我只是把费德里科藏在了院子里。”

扎奇眨了眨眼，皱起了核桃般的脸：“洛蒂小姐，你是个好人，就像你妈妈一样。我很高兴那个小家伙逃跑了。你走了之后也不用担心巴顿莱西，我会一如既往地帮你照看好它的。”

洛蒂抱着他说："你和莎莉会是我的思念。"

回到房子里，洛蒂走进一间堆满杂物的储藏室，在里面翻出一条短裤，几件男孩子的衬衫、睡衣、长裤和一件针织衫。她把这些都拿回自己的房间，穿上短裤和针织衫，然后把其他衣服和莎莉典当戒指拿回来的钱装进背包里。

她从浴室里拿出一把剪刀，站在洗漱台的镜子前。她一只手拿起一缕长长的卷发，另一只手拿起剪刀。她先把头发剪得和本一样短，然后她又把头发剪得更短，直到连一根卷发都不剩。

再也不会有人告诉她该穿什么，也不会有人再扯她的头发了。

作为最后的反击，她大步走进她舅妈的卧室，拿回了妈妈的披肩。然后她用一根绳子把爸爸的戒指穿起来，挂在脖子上。

傍晚时分，她已经准备就绪了，但她一直等到天快黑了才离开，以免被人看见。她打扮成大巴顿男学生的模样，背起鼓鼓的背包，与莎莉拥抱告别，然后穿过花园，离开从小生活的家园出发了。

在大门口，她停下来，看了最后一眼。

"你和莎莉会是我的思念。"她对扎奇说，但这不是真的。

她会思念所有的一切。

本已经准备就绪了。

基于最接近事实的谎言才是最佳谎言的原则，他告诉约翰·斯内尔他要去见他的哥哥，但对细节却含糊其词。约翰没有过多追问，而是提出给雀鹰号加满油来作为最后的工资。在下午下班后，本把船开到了船坞，约翰给了他一张地图作为告别礼物。回到雀鹰号的停泊处，本已经拟定好了他们要走的路线——沿着运河开到伦敦的泰晤士河，然后沿着泰晤士河口一直到达海边，绕过肯特海岸，再横渡英吉利海峡到加来。途经的水域比本预期的要多得多，而且他也不喜欢泰晤士河的样子，随着泰晤士河蜿蜒穿过伦敦到达河口，它变得越来越宽。无论是在海上还是在河上，都要与潮汐做斗争……而且还会有洋流和其他船只——大型船只、货船和军舰，它们都有可能在不经意间把雀鹰号撞成两半……

而且身后可能会有穷追不舍的人——克拉拉、内瑟伯里夫妇和艾伯特。其中，最大的危险就是艾伯特。本又算了一下：艾伯特要到星期三才会回到大巴顿。到那时，雀鹰号应该已经到达了伦敦，那里水路繁忙，雀鹰号就可以从他眼皮底下消失。

本希望着……

要考虑的事多得可怕——人身的危险、被抓的风险。如果他们不走，本可能会失去一切——埃尔西、雀鹰号，还有找到萨姆的全部希望。

相比之下，艾伯特、泰晤士河甚至英吉利海峡都不值一提。

是的，本已经准备就绪了。

天刚黑，洛蒂就赶到了，巨大的背包压得她直不起腰来。费德里科欣喜若狂地去迎接她，它激动不已的模样让洛蒂笑了，但当她抬起头来，本看到她又哭了。

“发生了什么？”他问道，“是因为你舅舅吗？”

“不，不！他已经走了，谢天谢地。只是……噢，我知道巴顿已经不是以前的巴顿了，但我还是舍不得离开，你明白吗？我不知道什么时候能再见到它。你真的太幸运了，本，能带着你的家逃跑。”

本一下子蒙了。他以前从来没有想过这个问题。“好吧，”他有点害羞，因为即将要说的似乎是一件大事，“现在雀鹰号也是你的家了。”

两人之间有一阵短暂而尴尬的停顿。他们俩都突然被那将要做的事情的艰巨性所压倒，一时感到不知所措，不知道接下来该说些什么好。

“你的头发……”本说。

“喜欢吗？”洛蒂用手摸了摸自己剪短的头发。

“太丑了，”本诚实地回答，“还有衣服也是……你看起来像个从济贫院逃出来的小男孩。”

“太好了！”洛蒂微微一笑，“也就是说不会有人认出我来了。或许我该叫自己查理。”

又一阵停顿，然后，洛蒂问：“我该把我的东西放哪儿？”

“我想你可以用萨姆的床铺，”本说，然后他想到与巴顿莱西相比，雀鹰号是如此狭小，就说，“如果你不愿意，你也可以用工作室……”

“不了！”洛蒂知道内森的工作室对本意味着什么，“同住一个船舱可有趣了。而且不用担心，我会让它保持井然有序的！我会非常安静整洁，你甚至都不会意识到我在这里！”

本哼了一声：“就你！还安静整洁！”就这样，尴尬的气氛烟消云散了。

有多少次，洛蒂曾无数次看过雀鹰号的船舱！而现在，它即将成为她的家了，她把一切细节都收入眼底，就像从未来过一样，并下定决心要全心全意地爱护它——画着小鸟和小猫的画、精巧的钩子和架子、弯弯的烛台和大腹便便的火炉。她去厨房把背包里的罐头食品拿出来，然后把背包甩到萨姆的床铺上，再爬上去把她的东西放进床垫底下的抽屉里，最后把妈妈的披肩铺在床上。

“就是要这样，”她自言自语地说道，“再也不用别人来指手画脚了。”

他们坐在船舱里等待午夜的到来。时间到了，四个逃亡者都走到甲板上。本深吸了一口气，让自己的情绪稳定下来，再让洛蒂把系船索解开。然后，他把发动机的转速调低，驾驶着雀鹰号离开了岸边。

在雀鹰号经过铁路桥拱门的时候，一个正在那里避难过夜的士兵睡意蒙眬地向它挥了挥手。

除此之外，再也没有人看到它离开。

第二部分

第十一章

运河在沉沉入睡。荒无人迹的水面上，洛蒂借着月光学习驾驶雀鹰号。这是本的主意，他们都相信肯定有某个意料之外的敌人跟在后头，这么做可以缓解最初几个小时笼罩着他们的紧张情绪。学习能使人集中精神。

运河上，天悄悄地破晓了，鸟儿也随即唱起了交响曲。这时他们开始放松下来，周围的事物也开始映入眼帘——一片水草地、一群在吃草的牛、一排繁花正茂的山楂树篱，目光所及之处并没有一个敌人。运河变得繁忙起来。本有条不紊地驾驶着雀鹰号前行，与过往船只保持着几英尺的距离，并像内森过去常做的那样，用点头来回应别人的问候。他身旁的埃尔西已经坐在了储物箱上，摆出了航行时它的惯用姿势：腰板挺直、耳朵前翻、嘴部抬起，任微风吹拂着它脖子上的毛。本对它和雀鹰号的爱意涌上心头。这才是他的归宿——眼睛注视着迎面而来的船只，阳光照耀着他们的脸庞，微风吹拂着他们的头发——他可以永远这样下去。他看了一眼洛蒂，她坐在埃尔西对面，把费德里科放在腿上，脸侧向太阳。

“还好吗？”他问。

“何止是还好，”洛蒂梦呓般地说，“我觉得自己获得了新生。”

天亮后过了一个小时，因为他们已经开了六个小时的船了，于是决定停下来稍作休息。本把雀鹰号开到岸边，向洛蒂演示如何把钉子打进地里系泊。随后，狗狗们跑到纤道上东闻西嗅，本去泡茶，洛蒂则把人造黄油和果酱抹在面包片上，然后本开始给洛蒂细说他们这一天剩下时间的行程计划。

“今天晚些时候，我们会在埃姆林过第一个船闸①。”他说，“我一直在想，如果我是警察，要在运河上找一艘船，我会做的第一件事就是问守闸人有没有见过它。据我们所知，艾伯特要到星期三才回来。希望当他来找雀鹰号的时候，没有人会记得我们。但我们会很引人注目，因为没有成年人和我们同行，而雀鹰号也和其他船只有点不同。我们必须保持低调，尽量不惹人注意地通过。”

洛蒂又开始感到紧张了。

“我从来没有过过船闸，我不知道那是怎么一回事。”

“不会有事的。”本向她保证，“你只要慢慢地稳稳地开着雀鹰号就行。剩下的就交给我吧。”

---

① 船闸：使船舶能在上下游有水位差的航道间通行的建筑物。——编者注

下午三点左右，他们来到埃姆林船闸，排在等待通过的船队后面。

“船多是一件好事，”本说，“这意味着不太可能会有人记得我们。而且我看不到守闸人，只看到那边有个背着婴儿的女孩。”

洛蒂顺着本所指示的方向望去，看见一个十四岁左右的女孩站在船闸旁，后背背着一个婴儿，她正在和一艘刚靠岸的窄船的舵手说话。

“我不明白这有什么用，”洛蒂说，“艾伯特可以像问守闸人一样去询问她。”

“是啊，但没有人会对小孩说的话感兴趣的。”

两艘船一前一后地驶入船闸。本开着雀鹰号缓缓地向前移动。现在只有一艘船在他们前面了。

“我们将和玛丽安号一起进去，”本说，“这是好事，它的船员对我们过闸有利，而且我们只有两个人，不会那么令人过目难忘。我会在你开进去之前下船。你照着那艘船的舵手做的做，就行了。好了，有两艘船要出来了，轮到我们了。准备好了吗？”

“准备好了！”洛蒂说。

怀着紧张又兴奋的心情，她开着雀鹰号缓缓地向前移动。费德里科跳上了她旁边的储物箱，洛蒂扑哧一笑，揪了揪它的一只耳朵。

“当我救出你的时候，你肯定做梦也没想到我们会做这些事吧？”

一对鸭子从他们头顶飞过，落在雀鹰号后面的水面上。费德里科转身看向它们，胡子颤抖着。

“想都别想。”洛蒂警告它，“我们可不想让野鸡事件重演，起码不是现在。我们现在必须保持完全、绝对的低调。”

又一声轰鸣响起，一股洪流涌出。船闸的门打开了，两艘船驶了出来。第一艘船没有停下来，但第二艘正好停在雀鹰号的后面，离它非常近，洛蒂甚至能看清船的小细节。船上画着一只鸟，它栖息在字体卷翘的船名“秘密椋鸟号”上。

真奇怪，洛蒂想，总觉得好像以前见过这艘船。

玛丽安号已经进入了空船闸。本从雀鹰号下去，叫洛蒂继续往前开。她眯起眼睛，全神贯注地将变速杆向前推，开始了驾驶……

“注意费德里科。”本大声说，“埃尔西习惯了过船闸，但这可能会吓到费德里科。”

但费德里科一点也不害怕。它看着那对鸭子，它们正用脚在水里划……

它的胡子颤抖着。

雀鹰号不急不慢、稳稳当当地跟着玛丽安号进入了船闸。本关上了它身后的船闸门。洛蒂小心翼翼地保持低调，努力装出一副经验丰富的样子，但内心却在欢呼雀跃。

这是她第一次过船闸！

雀鹰号后面的下坡闸门关闭了，玛丽安号前面的上坡闸门开始放水。

雀鹰号和玛丽安号开始上升。

费德里科从储物箱爬到雀鹰号的船顶上，它瞄准了船闸边，一阵小跑后，纵身一跃……

第十二章

毫无疑问，接下来发生的事简直令人叹为观止。对此，在场的每一个人——背着婴儿的女孩、与雀鹰号一起在船闸里的玛丽安号的船员、等待通过的百合玫瑰号和公主号的船员、秘密椋鸟号的船员——都表示赞同。

费德里科纵身一跃，却落地失败了。在一刹那间，它前爪抓到了船闸的边缘，后腿在墙上拼命地乱蹬，看样子它似乎要滑回到水中；要么卡在墙和雀鹰号之间被压扁，要么被淹死，或两者兼有。可随后，它以惊人的敏捷度爬上了船闸的边缘。

有那么一会儿，它一动不动地站着，试图弄清楚自己的方位。洛蒂站在雀鹰号的舵柄旁，大声叫它原地不动。它却置之不理，飞快地跑开了。它跑过玛丽安号，跑过船闸，一头扎进运河里去抓鸭子。

不出意料地，鸭子们飞了起来。

而费德里科……费德里科试图游泳，但由于水流被吸向了船闸，它被拖到了水下。费德里科奋力挣扎，设法浮出水面，可它又一次被拽进水里，它再次奋力游上来，第三次被拽下去。现在它累了……

岸上，人们在大声呼喊。费德里科瞥见了背着婴儿的女孩、一个玛丽安号的船员……洛蒂！它的洛蒂，正在雀鹰号上朝它尖叫，而本正朝它跑来……

扑通一声，这重重的落水声不像是洛蒂。一个低沉的声音在骂他，这些骂人的话费德里科以前只从马拉奇·坎贝尔口中听过。它还看到了一根金属杆子和一张网。然后，在六艘窄船船员的欢呼声中，它像鱼一样被人从肮脏的运河水里拎了出来，哆哆嗦嗦、滴滴答答地被放在了洛蒂的脚边。

闸门打开了，玛丽安号和雀鹰号开了出去。玛丽安号继续上路，船上的人都挥手致意。本把雀鹰号停在了离船闸较远的安全位置，怒容满面地朝洛蒂和费德里科走去。

“这就是你所谓的不惹人注意。”他咆哮道。

救费德里科的男人大约四十岁，身上穿着一件有补丁的旧夹克，光秃秃的脑袋上戴着一顶鸭舌帽。他叫弗兰克，是秘密椋鸟号——也就是在雀鹰号进船闸前出来的那艘船——的船长，他腰部以下都湿透了，并且他非常生气。

“算你走运，我在秘密椋鸟号上放了一张渔网。”他对洛蒂怒吼道，而她正抱着瑟瑟发抖的费德里科，“幸运的是，我和我弟弟吉姆没吃早餐，所以我们决定停下来吃几口东西再继续上路。幸运的是，吉姆听到了你的尖叫，劝我去帮助你们。”

“幸运的是，弗兰克并不像他所表现的那么铁石心肠，他答应了。”吉姆从秘密椋鸟号走过来，与他一起出来的还有那个背着婴儿的女孩。弗兰克有多暴躁，他就有多亲切。他有着一头浓密的棕色头发，一枝勿忘我花插在他灯芯绒上衣的扣眼里，“幸运的是，他没有犹豫再三。”

仍然抱着费德里科的洛蒂向弗兰克伸出了一只手。

“我叫查理，”她对他说，“我永远欠你的情。我很抱歉把你弄湿了，我也很抱歉关于狗的事。我想，就算我活到一百岁，也无法表达完我的感激之情。”

“好了，好了。”弗兰克嘟囔道，他们都假装没有注意到他的脸已经涨得通红，“没必要再说下去了。”

这两兄弟回到秘密椋鸟号上，开船离开了。洛蒂热情地跟他们挥手告别。

“哇！”背着婴儿的女孩说，“这真是太刺激了。”

她的名字叫莫莉，是守闸人的女儿。她的父母让她负责看好船闸和婴儿，而他们去伦敦接莫莉的姐姐玛莎，她在中欧开救护车，刚从战场上回来。

“我也想去。”莫莉说。

“去伦敦？”洛蒂问。

“还有中欧。”莫莉说，“但他们不让我去，说我太小了。”

“大人们可真是太不公平了。”洛蒂说，“相信我，我们都懂的。”

莫莉扫视了雀鹰号几眼说：“你的父母在哪里？”

“去世了。”洛蒂说，“我们其实在逃跑。你能帮助我们吗？”

“我不明白！”当他们顺利驶离埃姆林船闸时，本气坏了，“你为什么要告诉她我们在逃跑？”

他很恼火，洛蒂为此感到很抱歉，但她却很镇定。

“莫莉喜欢我们，”她说，“她觉得我们做的事很刺激。她渴望刺激。她甚至想去开救护车！而且我想，本，虽然我很擅长撒谎，但有时还是实话实说比较好。我没有告诉她太多，我没有透露任何细节。我只是拜托她如果警察来了，她就说没见过我们。”

“那真是帮了大忙了。大约有一百万人看到了我们，还为我们欢呼！”

“我知道。”洛蒂说，“但莫莉是艾伯特警官最有可能去问的人。别生气，本。不会有事的，我保证。我们快停下来吃点东西吧，然后带狗狗们去散个步，免得它们再淘气捣乱。我们已经走了很远很远了，艾伯特警官还不知道雀鹰号已经不见了呢！”

“我不会停下来的。”本吼道，“等我们到了法国再说。”

可没过多久，他就打起了哈欠，而一旦他开始打哈欠，便一发不可收。

洛蒂说的没错。今天没有理由逼自己这么狠，尤其是这么早就出发了。

离开埃姆林船闸几英里后，他们来到了一段美丽的运河，这里宽阔而宁静，一边是林地，另一边是草地，他们决定在这里停泊过夜。他们去拾木头生火，在一系列抚慰人心的熟悉动作之后，本的怒气渐渐消散。

当火焰完全熄灭之后，他从雀鹰号上拿了个烧烤架，把它放在余烬上烤香肠。

他一边做饭一边说："我一直在想克拉拉的事。你觉得我们是不是该给她留个便条，解释一下我们的计划呢？"

洛蒂还没有原谅克拉拉写的那张简短的小便条，说："她只会来追我们，然后试图阻止我们。"

这些露天烹制的香肠，咸香微焦；与狗狗们一起分享，十分美味。吃完饭后，他们带着狗狗们沿着纤道散步。他们走到一条隧道前，洛蒂俯身往里面张望。她用一只手盖在嘴上呜呜叫，一阵微弱的回声传了回来。

"我们应该在这里扎营。"洛蒂说，"没有人会发现我们的。"

"除了所有过往的船只。"本打了个哈欠，"我们不能在隧道里停留。拜托，我还要睡觉呢。"

当他们回到雀鹰号时，一些蝙蝠正从草地上空俯冲而下。两只狗狗马上倒头大睡了。尽管疲惫不堪，洛蒂和本还是待在甲板上。夜幕降临时，一只谷仓猫头鹰像幽灵一样飞过。他们把它看作是他们旅程的好兆头。有流星划破天空。

世界看起来是那么完美。

本和洛蒂早早就睡了，他们打算第二天依然天不亮就起来继续赶路，至少要走和今天一样远的距离。但夜晚的宁静，夜晚的美丽，太动人心弦了。这是他们在雀鹰号上独自入眠的第一个晚上，感觉太美好了。

他们一直睡到了第二天早上。

他们又怎么会知道艾伯特已经在追踪他们了呢？

艾伯特儿子的疗养院突然爆发了百日咳，缩短了艾伯特的探望时间，他在周日下午晚些时候就回到了大巴顿。在回家的路上，他经过警察局，发现了一封来自陆军部的信，信中告诉他萨姆·兰顿失踪了，可能已遇害。遗憾的是，在他的档案中也没有任何证据表明他还活着。

怀着沉重的心情，他去雀鹰号告诉本这个消息。一看到船不见了，他就去克拉拉的小屋。一看到她不在家，他就去船坞找约翰·斯内尔。

“去找他哥哥了，”约翰·斯内尔说，“没说去哪里。”

“但他哥哥已经死了。呃，失踪了，反正都一样。”

“我已经把他的原话告诉你了。”

去找他哥哥了。这简直说不通。

艾伯特很疲惫，艾伯特很悲伤。他的孩子的伤势已经开始有了从战伤中恢复的迹象，他一直盼望着能有几天时间去看望他。但艾伯特也很尽心尽责。正如本所预料的那样，他开始去询问那些守闸人。

上游的第一个船闸离小镇只有一英里远。在和约翰·斯内尔谈过话后，艾伯特往那儿走去。但那里的守闸人并没有看到雀鹰号。今天再去埃姆林船闸已经太晚了，他决定借一辆警车，第二天早上第一件事就是开车去那里。

在遥远的伦敦，克拉拉躺在她朋友凯蒂空房的床上，紧紧地抱着枕头，仿佛这样能填补她的伤悲。

马克斯死了，不是失踪。可能，但妥妥的、毫无疑问，是死了。她收到了一封律师的来信，通知了她这件事，并邀请她到他的办公室见一下。

“他留了一份遗嘱。”律师说，仿佛这能让事情好受些似的，“他把一切都留给了你。他的家人对此很不满，这就是为什么过了这么长时间才通知你。我相信你能理解的。”

不，克拉拉想说，她不能理解。因为马克斯，她的父母把她赶出了家门。他连信都不回给她。在这种情况下，她不明白为什么她应该能理解，但她不想显得无礼。

“我难以想象他有什么可以留下的东西，”她转而说道，“他并不富有。”

“啊。”律师说。

然后他告诉她，马克斯写的关于爱情和战争的诗集——就是以她的名字命名的那本——已经成了畅销书，所有的版税都将归她所有。

“我的意思是，虽然没有几百万，”律师边说边递给她一张支票，“诗歌就是诗歌。但也是一笔可观的数目。”

克拉拉哭了两天，现在已经无泪可流了，只剩下一种可怕的空虚感和一个问题：既然等待已经结束了，那她接下来的人生该怎么办呢？

第十三章

船舱外传来一阵雷鸣般的拍门声，把洛蒂和本从睡梦中惊醒了。他们从床上蹦起来，然后呆住了。

“是艾伯特吗？”洛蒂从上铺探下身来，小声问道。

“不可能啊，”本说，“他还在外出中。”

“那是谁……”

“我怎么会比你更清楚？”

“那就假装我们不在。”

可是狗狗们已经开始嚎叫了。本伸手去拿他的短裤和毛衣。

“拿个煎锅，”洛蒂从上铺爬下来，提议道，“当作武器，万一是个杀人犯呢。”

本没有理会她，他打开了舱门，狗狗们从他身旁蹿了出去，阳光让他眨了眨眼睛。洛蒂冲进厨房去拿煎锅，边跑边穿衣服，然后跟在他身后，准备战斗。但当她看到他们的来客时，她放下武器，如释重负地笑了。

“莫莉！还有菲利普！”

守闸人的女儿站在甲板上，她的小弟弟被她用披肩裹在胸前。一辆自行车躺在她身后的地面上。她累得气喘吁吁。

“先让我喘口气。”莫莉喘着气说，“好了，听着。今天早上有个警察从大巴顿一路赶来，到船闸那儿找本。”她看了一眼洛蒂，“他并没有提到查理的事。”

“艾伯特？”本看上去吓得不轻，“可他应该外出了啊！”

“我不知道他的名字。”莫莉说，“小个头，脚有点内八。”

“是艾伯特。”洛蒂叹了口气。

“他现在在我家里。我让玛莎给他泡了杯茶，好拖延他的时间——我没有说原因，别担心。但这个警察吧，他是不会放弃的。我按你的要求做了，说我昨天一整天都在船闸那儿，我记得有个男孩独自在船上，特别是像这样的船——船舱上有篷盖着的船可不多见——但我没有看到你。”当她回想起她所做的事时，眼睛睁得圆圆的，“我骗了一个警察！”

“你说他不会放弃是什么意思？”洛蒂追问道。

“他一喝完茶，就说要去下一个船闸安菲尔德，以防他错过了你。然后妈妈竟然提出借给他一辆自行车！”莫莉稍微停顿了一下，以示对她父母的不满，然后总结道，“所以我来提醒你们，因为你们离船闸不远，如果你们快一点，也许就能在他到达之前通过。”

“看到没，本？”洛蒂说，“我告诉过你，我们可以相信莫莉！”

她跳上纤道，开始解开系船的绳索，同时呼唤着狗狗们。

“本，你还在等什么？”她喊道，狗狗们也开始跳回到船上，“我们出发吧！”

“去哪里？”本觉得很累，他们被打败了，他知道这一点，“我们快不过自行车的，即使骑车的是艾伯特。而且即使我们比它快一步——你认为安菲尔德的守闸人会像莫莉那么好心，也帮我们撒谎吗？”

洛蒂一下子泄气了。她舅舅的模样在她的脑海中浮现。一定会有什么办法的，一定有……

“隧道！”她大喊道，“如果我们能开进隧道里，我们就能躲在里面！”

“我们不能躲在隧道里，”本说，“这是不允许的！”

洛蒂不可置信地转向他：“本！这一切没有哪样是被允许的！”

洛蒂光着脚，开始在纤道上踱步：“我们躲在隧道里，然后艾伯特警官去第二个船闸，守闸人说没看见我们，然后艾伯特警官离开。莫莉，你能不能当个英雄，告诉我们什么时候警报解除呢？”

莫莉能加入其中，她高兴得脸都红了：“好的。”

本的大脑在飞速运转：“我们太慢了。我们不会成功的。”

“本，我们得试一试！莫莉，有没有什么办法能拖延一下他？”

“有！”守闸人女儿的脸上掠过一丝凶狠的表情，她开始解开裹着她小弟弟的披肩。

“抱着菲利普！”她命令道，然后把他塞给洛蒂。

“什么？不！莫莉！莫莉，回来！”

“没时间解释了！”莫莉喊道，然后骑着车离开，“看好他。我待会儿再回来接他！快走！”

没时间思考了，必须赶紧行动。星期六那天晚上，本和洛蒂花了几个小时才离开大巴顿。今天，他们只花了一分钟就出发了。

洛蒂把狗狗们关在船舱里——此时谁也不希望鸭子事件再次重演——然后站在开着船的本旁边，紧紧抱着愤愤不平的菲利普。

“你不能开快一点吗？”她恳求道。

如果你坐过窄船，你就会知道它不是那种能开快的船。窄船不像帆船。窄船很重，它需要很长时间才能做出反应。慢慢地、稳稳地、小幅度地移动，这才是开窄船的最佳方式。否则，灾难往往会接踵而至。

本顾不上做出正确的判断了，他把变速杆向前一推。菲利普被这突如其来的响声吓了一跳，他嗷嗷大哭起来，然后一脚踢出去，蹬到了本的胳膊肘上。本猛地推了一下舵柄。他试图调整回去，但为时已晚。

雀鹰号朝运河边倾斜，撞到岸边，停了下来。

本狠狠地骂了一句。

“怎么了？”洛蒂叫道。

“我们被卡住了。”本说，“河边一定是淤塞了。希望螺旋桨不要被卡住，否则我们就永远都出不去了……”

在雀鹰号的船顶上有一根结实的杆子，正是为了应对这种情况的。本尽可能冷静地告诉洛蒂，把宝宝放下来，用杆子把船推离岸边。洛蒂也十分冷静，她走进船舱，把菲利普放在本的床铺上，用枕头把他卡在里面。

“待在这里。”她向狗狗们命令道，它们则惊奇地盯着这个小婴儿，“照看好他。”

然后她跑回甲板，跳上船顶，抓住那根杆子，把它插入岸边。

“推！”本大声喊，“用尽全力推！”

慢慢地，慢慢地，雀鹰号漂离了岸边，他们继续向隧道开去。

慢慢地，稳稳地，警察在他们身后跟着……

莫莉在离隧道一英里的地方看到了艾伯特。

“好的。”莫莉坚定地告诉自己，“你一定能做到的。”

这会很疼，但她知道她必须这么做。不仅为了本和洛蒂以及那只差点儿淹死的可爱的笨狗，更是为了全世界那些脱离父母、自由自在地去探险的孩子。而且，也是为了她自己。她冷不丁想到，如果警察追上了雀鹰号，发现菲利普在船上，她妈妈到底会怎么说呢？

她妈妈到底会怎么做呢？

莫莉咬紧牙关，牢牢地抓住车把。

嗖！哐当！砰！

在这一秒半左右的时间里，莫莉从她的自行车上、艾伯特的自行车上和艾伯特的头顶上一飞而过，画面令人忍俊不禁。

然后——好吧，没错，这确实很疼。

莫莉的眼泪并没有阻止艾伯特的追踪，但它却让逃亡的人有了领先的优势。当他恢复了冷静，安抚好莫莉，检查完自己和自行车的受伤情况后，隧道已经完全吞噬了雀鹰号。

正如密谋者所期待的那样，艾伯特骑着自行车往安菲尔德船闸去了。

第十四章

雀鹰号躲藏在隧道中。本关掉了发动机，与洛蒂一起仰面躺在船顶上，双脚撑着隧道的天花板，防止雀鹰号漂来漂去。在隧道的两端，他们只能看到半月形的白昼，但他们所在的地方却黑得伸手不见十指。他们的心跳得很快，在寂静中，他们的呼吸听起来既大声又刺耳。

“我们应该开一盏灯的。”本小声说，“这样不安全。要是又有一艘船来怎么办？”

“它可以从我们旁边经过。”洛蒂说，但她也不确定是否真会如此。在黑暗中很难判断，而且运河看起来非常狭窄。

“万一它看到我们之后又经过了艾伯特呢？”本悄悄问道，“万一他问起船员有没有见过雀鹰号呢？”

“我们只能往好的方面想了。”洛蒂小声说。

然后，他们静了下来，但这可不妙，因为在寂静和黑暗中，思绪涌上了心头：关于艾伯特发现了他们之后会发生的事，关于休伯特的愤怒和失去的雀鹰号以及狗狗们……

“宝宝没事吧？”本低声说，试图驱散他的恐惧。

“没事，他很好。狗狗们正在照看他呢。”

但洛蒂错了。菲利普并不好。自从他姐姐把他塞进洛蒂怀里的那一刻起，他的怒火就越烧越旺。在此之前，他还有能够转移注意力的东西，让他不至于怒不可遏。但现在他独自一人待着，周围很黑，而狗狗们在黑暗中一直发出吸鼻子的声音，这让他感到很害怕。

菲利普呜咽了起来。虽然狗狗们仍然对他感到困惑，但还是把他当作了自己的同类，它们同情地大叫着，哀号着。宝宝的哭声越来越大，变成了号啕大哭。狗狗们也嚎叫不断。他们共同的哭号声在隧道的墙壁上不断反射，就像饱受折磨的灵魂在哀号。本和洛蒂低声骂了几句。洛蒂从船顶上荡下来，爬下去安抚他们。当她走到船舱的台阶时，在雀鹰号后面，隧道入口半月形的明亮日光消失了，取而代之的是一盏柔和的航行灯。

另一艘船从他们后面的隧道驶了进来。

本愣住了。他知道雀鹰号没有权利停在隧道里，他们应该往前开的，只是他无法这么做。他们在这里待了多久了？艾伯特需要多久才能到达安菲尔德船闸呢？他要多久才能回来？如果再多给他们几分钟……只要几分钟，这无疑正是他们所需要的……

当这艘船靠近时，雀鹰号摆荡了一下。越来越近的灯光晃得本睁不开眼，但他仍然一动不动地躺在船顶上，双脚撑着隧道的天花板。这艘船的发动机熄火了。他听到洛蒂在下面拼命地想让宝宝和狗狗们安静下来，然后……

“哟，真没想到，”当船靠到雀鹰号旁边时，一个熟悉的声音响起，“这不是我们的老朋友嘛！”

这简直堪比奇迹。不仅因为另一艘船是秘密椋鸟号，还因为吉姆竟然这么会带孩子。

在菲利普的哀号下，他们是不可能展开对话的。秘密椋鸟号在雀鹰号旁边停了下来，吉姆把她的系船索抛给本，然后跳上船，把哭泣的菲利普抱在怀里。他熟练地拍了几下菲利普的背部，再用力地揉一揉，菲利普的哭闹声变成了呜咽声。洛蒂从厨房拿来了一点面包边，呜咽声变成了咀嚼声。他打了个响指，狗狗们坐了下来，然后蜷成一团安静地躺在他脚边。

“我以前带过孩子，”他解释道，而洛蒂在一旁既惊讶又感激地看着，“我的弟弟杰克。没想到能派上用场。不过你得赶紧给他换了。”

“我想我们还是把他还回去吧。”洛蒂说，“我真的不想再要一个了。”

“我是说，给他换尿布。”吉姆咧嘴大笑道，“不是拿这个小宝贝去交换。你从哪儿把他弄来的？你昨天都还没带着他呢。”

“还有谁没注意到吗，我们可是停在一条该死的隧道中间！”弗兰克的声音从秘密椋鸟号那边飘来，“吉姆，别再唠唠叨叨了，去看看到底是什么该死的问题吧。”

但吉姆并没有在听。他把一只手放在菲利普的肚子上，凝视着画在船舱四周的鸟儿。

“你们能不能看看这个……在埃姆林船闸和你们告别之后，弗兰克说他记得雀鹰号。给你，抱着孩子。”

吉姆从雀鹰号上跳下来，回到秘密椋鸟号上，往下走进了船舱。他再次出来的时候，手里拿着一小块画有图案的木头。然后在他哥哥的怒吼声中，他又跳回到了雀鹰号上。

本把撑在天花板上的脚放下来，从船顶往下看。

“怎么回事？”他问道。

洛蒂还没来得及回答，吉姆就大喊了一声。

“我就知道！”

“什么……”

“所有这些鸟！”吉姆把他从船舱里拿出来的木头递给洛蒂。木头上画着一只精致的椋鸟，在椋鸟的下面写着两个小小的字母NL，就像在本床铺上方的知更鸟、萨姆床铺上方的翠鸟，以及内森画过的每一只鸟下面写着的那样。洛蒂深吸了一口气。她现在终于知道为什么当秘密椋鸟号从埃姆林船闸出来之后，她有一种似曾相识的感觉了。她拿起手中的小木块，把它递给本。

“本，看呐！”

他从她手中接过那幅小画。她看到他震惊得眼睛都睁大了，但随后双眼又蒙上了一层灰，她知道——那是一种长久以来挥之不去的悲伤。

“雀鹰号！内森·兰顿！我想起来了——他为我们画了这个椋鸟号的标志，然后看到我们的弟弟杰克因为感冒而心情低落，便把它作为礼物送给了他。真是没想到！你的爸爸，是吗？我都不知道他结婚了，更别说有孩子了。”

洛蒂仍然抱着菲利普，她希望吉姆不要再说下去了。看着本轻轻地抚摸着那只小椋鸟，仿佛它根本不是一幅画，而是鲜活、温情的东西，她感到鼻子一酸。

弗兰克以他特有的直率，把大家拉回了他们目前的处境。

“虽然这很温情，但我不喜欢犯法，除非不得已。”他说，“而且现在，我也没有理由这么做，所以我们继续往前开吧，有话出去说。”

洛蒂苦恼地想，莫莉到底在哪里？她为什么要这么久？

“问题是……”她开口说，然后又停了下来，不知道要如何在不透露太多信息的情况下，向他们解释要秘密椋鸟号先走，而雀鹰号则在隧道里多逗留一会儿。

“你有麻烦了？”

洛蒂渐渐喜欢上弗兰克了，但在那一刻，他却令人害怕。即使在黑暗中，她也能看到他的眼睛闪烁着光芒。

“有个警察在追我们。”她坦白说。

“一个警察？”弗兰克说。

“我们没有做错什么！”洛蒂说，“真的没有。”

“他在哪里？”弗兰克追问道。

“在这里和安菲尔德船闸之间的某个地方。我们的朋友会告诉我们什么时候警报解除的。”

“弗兰克，”吉姆说，“他们是内森的小孩。”

这两兄弟之间达成了某种默契。

“好吧。”弗兰克咕哝着说，“查理，你可以晚点再解释。现在待在这里。吉姆，带上小婴儿，让他保持安静。你们两个，别出声。我们先走。如果警察看到我们出来了，他就会以为隧道里没有人了。”

“如果他问起，我们就告诉他我们谁也没看见，”吉姆说，“这样就能把他打发走了。”

秘密椋鸟号在几秒钟后就消失了。本和洛蒂重新回到了船顶的位置上。

“你还好吧？”洛蒂轻声问。

“还好，”他说，“只是很震惊，你知道吗？听到他们那样谈论着内森，看到内森为他们画的那只小椋鸟，就好像……”

“就好像内森回来了一样。”洛蒂把手伸向挂在脖子上的爸爸的戒指，“我知道。”

“不过，能碰到秘密椋鸟号，真的很幸运，不是吗？”她低声说，“想想看，如果碰到的是别的船！我们就得开走了，不是吗？”

本骂了一句：“哦，不……”

“怎么了？”

“又来了一艘船。”

洛蒂转头看去，果然，它就在那里，挡住了隧道口的光。随着它的靠近，它的航行灯越来越亮，发动机的声音也越来越响。她瞪大了眼睛，满脸恐惧地回头看向本。

“啊嗨！前面的！”一个男人的声音叫道，“一切都还好吗？”

“螺旋桨卡住了，但现在没事了！”本朝他大叫回去，然后颤抖着对洛蒂说，“我们该怎么办？”

“不知道！”

“快走吧，行吗？”那声音大喊道，“我这一货船都是些该死的鸡，它们快让我的头疼炸了。”

茫然失措的本从船顶上滚下来，启动了发动机。

“慢慢开，”洛蒂强烈要求道，“很慢、很慢地开。”

他们的心都提到嗓子眼儿了，然后突突地向隧道出口开去。洛蒂紧紧地闭上眼睛。她不会去想她的舅舅，也不会去想家庭农场的那个小伙子和他的枪。她会去想那些美好的事情，比如和费德里科依偎在一起，比如阿尔芒德的花园……

空气变暖了，她能感觉到眼皮上的光……她听到一声喊叫，可能是吉姆，也可能不是……

“你能看见他吗？”她小声说，“我们安全了吗？”

本放声大笑。

“睁开眼睛，洛蒂。你绝对想不到会是这样的场景。”

洛蒂睁开眼睛。在运河岸边，东倒西歪地躺着莫莉的自行车，弗兰克站在旁边。而在秘密椋鸟号的船顶上，是吉姆和怀抱着菲利普的莫莉，他们挥手欢呼着。

没有艾伯特的踪影。

第十五章

雀鹰号停泊在秘密椋鸟号后面。船员、莫莉、宝宝和狗狗们都坐在雀鹰号旁的岸边喝着茶。莫莉——手肘和膝盖擦伤了，最严重的瘀伤是在胫骨上——描绘了她与艾伯特的惊险遭遇，大家都听得屏住了呼吸。吉姆也讲述了他的故事：在秘密椋鸟号从隧道里出来的时候，艾伯特大声呼唤了他们，并询问他们有没有看到一艘叫雀鹰号的窄船，船员是一个小伙子，还带着一只毛色黑白相间的狗，吉姆假装想了想，然后说没有，他没有看到。洛蒂兴高采烈地感谢了他们每个人，本的道谢就更平和一点，狗狗们也感受到了大家的兴奋，疯狂地蹦蹦跳跳。但现在狗狗们都睡了，小宝宝也睡了，一阵令人不安的寂静降临，弗兰克的眼睛又像在隧道里时那样，闪烁着光芒。他对洛蒂说："好了，查理，解释一下吧。"

洛蒂看着本，试图用眼神问他该说多少。本耸耸肩回应，不知道。

"我不知道该从何说起。"她闪烁其词。

弗兰克狠狠瞪了她一眼。

“从你爸爸开始，”吉姆说，“内森。他怎么不在这儿？”

洛蒂咽了咽口水，开始讲述。

这次，她把一切都告诉了他们。她说起了可爱的房子和大花园，说起了无忧无虑的生活和飞机失事，说起了不友善的亲戚和寄宿学校的孤独。她说起了被打的耳光和缝纫女工，说起了关在笼子里的狗，说起了派来枪毙费德里科的农场工人，还说起了克拉拉的精彩课程，说起了她剪掉了头发，这样就再也不会有人去扯它了。

洛蒂说话的时候，莫莉和吉姆的眼睛睁得更圆了，而弗兰克的眉头皱得更紧了。

本接过话题，怯生生地说起了孤儿院和陌生人的善良，说起了在水上度过的童年和战争的到来，说起了去打仗的哥哥和去安抚的爸爸，说起了落在医院的炸弹和陆军部的信，说起了可能遇害不是真正遇害，说起了他们去法国的计划。

“法国……”莫莉叹了口气，开始浮想联翩。

“法国！”吉姆露齿一笑，似乎一切皆有可能。

“法国。”弗兰克低吼了一声，现实砰的一声重重摔在了地上。

“我知道这并不容易，”洛蒂承认，“又是警察，又是海峡，还有只能在运河上开的雀鹰号，但是……”

“我就说这可不容易。”弗兰克不屑地说，“你甚至连安菲尔德船闸都过不去。你觉得在警察的不断询问下，那个守闸人见到你会怎么做？”

“告诉警察。”洛蒂承认道，她的心在往下沉。

“真叫人怜爱呀，弗兰克。”吉姆温和地说，“这么大老远地跑去法国找哥哥。”

“还开着一艘该死的窄船！”弗兰克说，“我横渡过很多次英吉利海峡，我告诉你，那可不是窄船能开过去的。雀鹰号只能在平静的水面上航行。”

“它在海上会怎么样？”莫莉小声问。

“它会沉下去！”弗兰克声色俱厉地说，“你最好祈祷天气好点。如果海面风平浪静，并且你没有迷路，或许还有希望。但哪怕只有一点点浪涌，一个海浪拍来它就会沉没。”

莫莉咽了咽口水，紧紧地抱住了菲利普。

“不过我想我们应该帮助他们，弗兰克。”吉姆喃喃地说。

“帮他们自杀？我还不如现在就去追那个警察。”

“得了吧，弗兰克！你已经见过这小子是怎么开船的。我想，我们得给他个机会。”

弗兰克嗤之以鼻：“就算他们真的横渡过去了，然后呢？两个孩子独自生活在一个被该死的战争弄得四分五裂的国家……”

“那只椋鸟……”吉姆继续说，“还记得我们的杰克临走前吗？他花了很长时间，把它临摹在一张小纸上，直到画好为止，然后把它放在口袋里。他说不知道他要去的地方会不会有椋鸟，但每当他看到它，就会想到家乡。他说这会给他带来好运。”

弗兰克紧绷的脸庞上掠过一丝表情，就像乌云密布的天空中闪过一道亮光。

洛蒂知道这种表情。那是我们为那些已逝之人所流露出来的。她不用问就知道，弗兰克和吉姆的弟弟上了战场，她也知道，他永远也不会回来了，因为他已经死了。

吉姆说：“咱们至少帮他们通过接下来的几个船闸吧。”

弗兰克还没开口，洛蒂就知道他一定会同意。

他们向莫莉和菲利普告别，然后在秘密椋鸟号的带领下，雀鹰号和秘密椋鸟号继续上路了。在安菲尔德船闸处，守闸人眯起眼睛看着雀鹰号。弗兰克几乎是懒洋洋地问道：“还好吗，皮特？”然后再迈步——不，是溜达——到岸上闲聊了起来。

“你们还在等什么？”他扭头喊道，“船闸可不会给自己充水！赶紧的——吉姆，你去开闸门，让孩子们开进来。”

“他在干什么？”洛蒂悄声问吉姆。

“在搞定他。”吉姆使了个眼色，“别担心，查理。弗兰克什么都能搞定。你只管开，不会有事的，等着瞧吧。”

“你跟他说了什么？”他们一通过船闸，本就隔着河水喊道。

一瞬间，弗兰克如花岗岩般僵硬的脸柔和了下来。

“一个受欢迎的人，你的爸爸。”他说，“皮特会对警察守口如瓶的。他会把消息传开，大家也会自发地守口如瓶，没有人会去告发内森的孩子的。”

消息在守闸人中传开来。通过了几个船闸之后，弗兰克已经完全不需要再提起内森了。尽管如此，由于秘密椋鸟号也要去伦敦，弗兰克建议秘密椋鸟号和雀鹰号继续一起航行。正如吉姆所言：“两个孩子单独行动，人们会问东问西。但如果有大人在，人们就不会去打扰了。”

莫莉渴望冒险，但弗兰克吓坏她了。要是雀鹰号真的沉没了，迅速、直接地沉到海底了，那可怎么办？这两天多以来，她一直保守着洛蒂和本的秘密，但她很担心，觉得自己应该做点什么来阻止他们。到了星期三早上，她知道雀鹰号即将进入伦敦，很快就会来不及了，于是她向姐姐玛莎坦白了一切。

自从玛莎在中欧开救护车以来，她就变得非常实际。她直接去了大巴顿，与克拉拉谈了这事儿。

“我不想去报警，”玛莎对克拉拉说，“因为我们的莫莉骑自行车把那个警察撞翻了。我不想让她惹上麻烦。但在整个故事中，你听起来像是唯一一个关心他们俩的人。”

克拉拉在星期一回到了大巴顿，打算继续她的生活，却发现她的生活已经不复存在了。本和雀鹰号走了，休伯特写信通知她，她被解雇了，而洛蒂也走了。她一度感到很难过，因为他们连个便条也没有留下。但当她听了玛莎的故事后，她渐渐明白了其中的原因。

“他们以为我会阻止他们。”她说。

“嗯，你会的，不是吗？”玛莎说。

“我真不敢相信，”克拉拉说，“这真是个难以置信的故事。但也相当美好。”

“这是个荒唐的故事，仅此而已。”

玛莎走后，克拉拉坐在那儿思考着她应该怎么做。当然，玛莎说得对，这是个荒唐的故事。驾驶着雀鹰号横渡英吉利海峡！想着无论如何——到底要如何？——他们都能够找到萨姆！克拉拉知道萨姆的遭遇——与其他千千万万失踪的灵魂一样——在战场上被射击成了无法辨认的碎片。这就是“失踪”的含义。虽然很残酷，但这就是事实。她真希望本在出发前找她聊一聊，真希望洛蒂就可怜的费德里科的事跟她谈一谈。诚然，克拉拉当时并不在，但他们或许可以等一等她，而她则会帮助他们。

唉，他们现在已经走了。问题是，她，克拉拉，能做些什么来帮助他们呢？

追上他们！她突然想到。她从椅子上跳起来，在房间里来回走动。在星期五内瑟伯里夫妇回来之前，让洛蒂回到学校，让本明白他哥哥的事。他和埃尔西可以与她一起生活——为什么不呢？她现在有钱了，她可以成为本的监护人！当然，她也会收留费德里科。虽然她并不是非常喜欢它，但这不重要，她会为了洛蒂这么做。她和本还会带着狗狗们去彭布罗克郡度假，然后在洛蒂学校附近租一间小屋——更棒的是，她和本可以去彭布罗克郡生活！还可以经常去看望洛蒂！

这就是她在伦敦那晚所憧憬的人生目标吗？把孩子们带回来，保护他们的安全？

克拉拉花了一整晚收拾行李。星期四早上，她坐火车去伦敦，再从伦敦去了海岸。

在遥远的彭布罗克郡，圣维妮弗雷德女子学院的秘书走进了女校长的书房。

"是关于新来的那个女孩，"她说，"夏洛特·圣雷米，那个没出现的学生。我每天都打电话，但没有人接。要不我写信去问问？"

"好的，去吧。"女校长说，"别忘了说学费的事。"

学院秘书回到她的办公室，把一张印有抬头的信纸放进了打字机里。

"敬爱的内瑟伯里先生……"她开始写道。

第十六章

从星期一早上到星期三晚上，自雀鹰号和秘密椋鸟号离开安菲尔德船闸到抵达伦敦的这段时间里，他们可以轻而易举地假装他们是在开船度假，假装艾伯特不会回来，假装内瑟伯里夫妇永远不会发现洛蒂的逃跑，假装秘密椋鸟号和雀鹰号不会很快就分道扬镳，假装泰晤士河和它的水流、英吉利海峡的凶猛波涛、法国的水路和战场，以及随之而来的各种危险都不会出现在前方。当阳光照耀在友好、平静的运河上，很容易让他们以为可以永远这样漂流下去。

洛蒂提高了她的驾驶技术，学会了怎么过船闸；本则完善了他对雀鹰号的操控；费德里科虽然还痴迷于水鸟，但它已经学会了游泳，它喜欢像个微型雕像一样坐在船头上；而埃尔西却在睡觉。

睡觉。

睡觉。

到了星期三早上，本开始担忧。

“今天早上它醒来刚吃完早餐又倒下了。”当他们在船闸前停下来时，本告诉弗兰克和吉姆，“从那之后它就一直在睡觉。你们说它是不是生病了？”

“在横渡英吉利海峡时，你最不希望看到的就是一只生病的狗了。”弗兰克说。

“或许它感觉到了什么。”洛蒂说，“动物都这样，你知道的。”

“感觉到什么？”本问。

“变化。”洛蒂说，“就在我们周围。你感觉不到吗？”

的确，这条运河给人一种不一样的感觉。田野和村庄不断地被小城镇取代，宁静可爱的水路变得越来越拥挤。他们遇到的船员都不太愿意聊天，而是都带有一种紧迫感，匆匆忙忙地往首都赶，急于在一天结束前卸下货物，再重新装上。渐渐地，这种紧迫感也传给了本和洛蒂，甚至吉姆。只有弗兰克和费德里科还是老样子，一个一脸冷漠地站在秘密椋鸟号的舵柄旁，另一个则一脸好奇地站在雀鹰号的船头上。

到了午餐时间，他们停下来了一小会儿，伸伸懒腰，吃吃午饭。埃尔西的健康状况似乎越来越差。以前它总是围着他们团团转，等待掉落下来的残羹剩饭。可现在它对食物毫无兴趣，无精打采地瘫倒在一棵桤木树的树荫下。

“我很担心它。”本说，“是不是该找个兽医？要花多少钱？”

“很多钱。”弗兰克眯起眼睛看着埃尔西。“你们不觉得它突然变大了很多吗？”

“先别管那只狗了。”吉姆说，“我们今晚要到布伦特福德，所以你们明早想必想赶个早潮。”

“什么潮？”洛蒂问。

“泰晤士河上的潮，查理。”弗兰克低声一吼。

“噢，对。”洛蒂避开他的目光，“我忘记了。”

“上帝啊，请赐予我力量吧。”弗兰克叹息道，“你们就要被淹死了。”

“我们将在布伦特福德港卸货。”吉姆没有理睬他哥哥，接着他的话说道，“我们本打算往回走，但我们现在的想法是先送你们上泰晤士河。本，你掌舵是一流的；查理，你的技术好多了，但泰晤士河不一样。你们将向东驶向大海，这意味着你们要穿过这条河才能驶到正确的航道上，而水流将会非常骇人。但是，本，你要做的就是跟着我们，我们怎么做，你就怎么做。我们会一直送你们到莱姆豪斯，之后你们就得靠自己了。这下高兴了吧？”

“高兴！”本虽这么说，但他心里很恐慌，“相当高兴。”

伦敦！

他们叫醒埃尔西，又爬上船，继续前行。本和洛蒂心跳加速，呼吸急促，手心湿漉漉的。他们告诉自己这是因为他们太激动了。

通往布伦特福德的水路很险，不到一英里的距离就有八个船闸，运河也很繁忙。这是个缓慢的过程，也是项艰苦的工作。直到他们驶进拥挤的港湾，停泊在秘密椋鸟号旁边时，洛蒂和本才注意到周围的环境。吉姆问他们觉得伦敦怎么样时，他们表示很困惑。即使在今天，当你沿着运河向布伦特福德港湾走去时，你也会以为自己是在乡下。一百年前，当雀鹰号在那里的时候，那里几乎就已经是这样了。洛蒂和本之前还隐约期待着拥挤的街道、巨大的仓库、成群结队衣着光鲜的人，可他们只看到一片挤满窄船的港湾、一个船坞、几家酒吧和一些杂货店。

“看起来和任何一个古老的小镇没什么区别。”本说。

“要是不相信我们，就去看看泰晤士河。”弗兰克嘟哝道，“然后你就知道我们是在该死的伦敦了。去的路上顺便带那只狗去遛一遛，看看它在你们开始那该死的自杀任务之前是不是有了。”

他把双手深深地插在打了补丁的夹克口袋里，迈着重重的脚步走开了。洛蒂和本看着他离开，惊愕万分。

“吉姆，”洛蒂悄悄地问，“他说的‘是不是有了’是什么意思？”

吉姆挠了挠头。“哎呀，这可太尴尬了。”他说，“在我们从船闸下来的时候，弗兰克才搞清楚，埃尔西怀孕了，就是这个意思。它要生小狗了。要我说，它已经怀了挺久了。”

“小狗！”吉姆走了之后，洛蒂喘着气说。

“小狗……”本附和道。

他们惊惧地看着对方。

“你觉得……”本把头歪向了费德里科。

“当然了。”洛蒂说，“还能是谁？”

“真叫人一下子难以接受。”本小心翼翼地说，“我想我得出去走走。”

“是啊，”洛蒂表示同意，“我也是。”

他们并肩而行，埃尔西在他们身旁笨重地走着，费德里科在前面轻快地小跑。他们离开雀鹰号，向泰晤士河的方向走去，一路上两人陷入了沉思。

“小狗！”洛蒂满脑子幻想、精神恍惚地走着。小小的狗宝宝！很快——非常快，如果弗兰克说得没错的话——生活在雀鹰号上的不再只是本、洛蒂、埃尔西和费德里科，而是一个完整的家庭……

会有多少只小狗呢？本咬着嘴唇，好奇地想。会是公的还是母的呢？要如何照顾刚出生的小狗？它们需要什么呢？如果它们在英吉利海峡上出生了，怎么办？会不会很危险？万一出了什么问题，而本负责掌舵帮不上忙，怎么办？

他们绕着港湾走到南边的一排建筑，拐进了一条狭窄的小巷，两边分别是一家杂货店和一家酒吧。空气中的一些东西发生了变化。前方的光线变得更亮了。微风拂过，带着一股河泥的味道，夹杂着淡淡的咸味。巷子的尽头有一堵很宽的墙，墙上有台阶通到顶上。洛蒂和本一起爬了上去，累得气喘吁吁。

然后他们看到了泰晤士河。

泰晤士河向东流经伦敦，遇到涨潮的时候，在伍尔维奇会涨到一百三十多米宽，在布伦特福德会涨到约九十多米宽，这还不算夸张的。虽然对于看惯了运河的人来说，九十多米已经是个很大的数字了，但让本和洛蒂为之震撼的不是河的大小，而是它的气势。

庞大、灰暗、汹涌、阴沉的泰晤士河蕴含着无限的能量，随着潮水向西推进着。

潮水还没有涨满。墙旁的河边有一条台阶，大约有九米多宽，通向一段裸露的泥地和鹅卵石。费德里科跳了下去。一只海鸥落在它面前的水中，立刻被水流卷走了。费德里科兴奋地大叫一声，沿着海岸追了上去。

洛蒂不禁放声大笑。

“来吧，让我们跑起来！”

洛蒂跟着费德里科冲下台阶，来到泰晤士河边。她张开双臂，深深地呼吸了一口伦敦咸咸的、浑浊的空气。这就是他们所要的——序幕的结束，真正大冒险的开始。明天，雀鹰号就要在这条神奇而强大的河流上占据一席之地，过去所有腐朽的东西——休伯特舅舅、学校的恶霸、痛苦、不幸、孤独——都必将被一卷而去，就像那只被卷走的海鸥一样。

她转向本说：“是不是很棒？”

本呆呆地看着河水，一脸惶恐。

“很棒。”他小声地说。

“你害怕了。”洛蒂说着挽住他的胳膊，“这很正常。我们要做的是一件大事。但这也很令人兴奋，本，这太令人兴奋了。”

“是的。”本坚定地说，“而且我没有害怕。泰晤士河就像一条大运河，真的。只是水而已。我们绝对可以在上面驾驶雀鹰号，也可以横渡英吉利海峡。来，我们走吧。明天之前还有很多事要做呢。”

他转过身，往回朝海岸边的台阶走去。埃尔西正趴在墙上等着他。他蹲下来拍了拍它，它亲热地舔了舔他的手，好像在告诉他不要担心，然后撑起沉重的身躯，跟着他走到了街上。

洛蒂观赏着泰晤士河，在那里多待了一会儿。又有一只海鸥飞掠而过，在肮脏河水的映衬下甚是显眼。一只破碎木桶的残骸漂浮在它的身后。

本错了。泰晤士河有许多特征——磅礴、肮脏、刺激、宏大，但它和运河是截然不同的。她回想起童年的假期，她和父母一起去阿尔芒德时，他们所横渡的那条深不见底、波涛汹涌的海峡。

英吉利海峡不仅仅只是水而已。

本把雀鹰号的每一寸地方都检查了一遍，并让洛蒂和他把路线又背了一遍，直到烂熟于心，然后才去睡觉。尽管本很紧张，但他几乎马上就睡着了。洛蒂躺在床上听着和费德里科一起睡在厨房地板上的埃尔西发出的沉重的呼吸声。

她用手握住了挂在脖子上的爸爸的戒指。

“给我们带来好运吧，爸爸。”她轻轻说。

但洛蒂的父母是在一个晴朗无云的日子，被一场风暴夺去了性命。她知道，雀鹰号需要的不仅仅是一枚幸运戒指。她想到了弗兰克和吉姆那带着内森的椋鸟画上战场的弟弟。

戒指和画都是给人力量的东西，但有时候你需要的是人。

她又等了一会儿，直到确定本已经睡熟了，才从床上爬下来，穿好衣服。她带上费德里科给自己壮胆，然后从雀鹰号溜了下来。

第十七章

洛蒂和费德里科站在港湾边，身后是水，面前是一排建筑物矗立在他们和泰晤士河之间。

“去酒吧。”吉姆曾说过，但哪一家呢？这里至少有三家。

“我们必须每家都去试试。”她对费德里科说。

洛蒂这辈子从来没有踏进过酒吧。她首先来到的是一栋沾满烟灰的砖瓦房。一个男人坐在外面的凳子上，一手拿着一个大啤酒杯，一手拿着烟斗。当洛蒂走进去时，他好奇地盯着她。她挺直身子，推开了门。

空气中弥漫着浓浓的烟味和啤酒味，嘈杂声震耳欲聋。在一个角落里，一群人围着一个正在弹奏钢琴的人唱歌。另一个角落里，一群人在互相叫嚣着，似乎与打赌有关，也可能是某人欠了钱。洛蒂背靠着门站在那里，打量着整个房间，眼睛从吧台扫到钢琴，从桌子扫到吧台椅。这里没有弗兰克和吉姆的踪影。她悄悄离开，继续前往下一个酒吧，那是一栋低矮的石头建筑。她发现这里的人群比较安静，他们正在专心致志地玩纸牌。

“你要干吗？”她往里看的时候，老板大声喊道，“小孩子不可以进来，狗也不可以。”

洛蒂急忙撤退了。弗兰克和吉姆也不在这里。

现在天色已经完全黑了，码头边有一股鱼、煤和柴油的味道。洛蒂跨过了一个在地上躺得四仰八叉的大块头。大块头呻吟了一声，她意识到那是个人。

“我很抱歉。”

地上有什么东西从她耳边飞过，差一点儿就砸中她的脑袋，然后摔碎在码头上，玻璃和威士忌酒炸得到处都是。

费德里科发出了咆哮。洛蒂拽着它的项圈往第三家酒吧跑去，正好撞见弗兰克和吉姆闲逛出来。

“我早该知道，有麻烦的地方就有你，查理。”

洛蒂回头瞅了瞅躺在地上的醉汉。

“我又不是故意要惹麻烦的。”

“我懂的。”吉姆说，“要不要来杯柠檬水？”

“不了，谢谢。我是来谈谈的。”

他们坐在酒吧外面的长椅上。洛蒂等着弗兰克点燃他的烟斗。

“好吧。这到底是怎么回事？”

“是本。”洛蒂觉得自己像个叛徒，她尽量让自己的声音轻快干脆一点儿，“他认为他不能胜任这趟旅行，以及，唔，看这泰晤士河，我也不敢确定。而且现在还有埃尔西，它可能会在我们出海的时候生小狗，本也很担心这一点。”

“好吧，该死的哈利路亚，”弗兰克咕哝道，“你终于恢复理智了。”

“不完全是。”洛蒂谨慎地说着，“说我是来谈生意的更合适。”

弗兰克的眼睛闪烁着危险的光芒。

“你能送我们吗？”她连忙问道，“我是说送我们去法国？你说过你已经横渡很多次了。”

“那也绝不是开着该死的窄船。”

“我会付钱给你的。”洛蒂说，“我没有很多钱，而且我后面还需要用到它，但我在想不知道你是否愿意收下这个？”

她把爸爸的戒指从脖子上拿下来。

弗兰克盯着它：“这是什么？”

“这是我爸爸的。”洛蒂努力让自己的声音保持平静，“它非常古老，而且价值连城。我曾听我祖母说过，在法国大革命之前它就已经在我们家了。”

吉姆从弗兰克手中接过戒指，吹了声口哨。

“它对我来说很重要，”洛蒂接着说，“但去法国也同样很重要。因为……因为各种各样的原因。”

噢，穆恩……

弗兰克继续抽着烟，一言不发。吉姆再次开口了，他语气轻柔，用到的说辞还是跟那天他们兄弟俩帮助藏匿雀鹰号不被艾伯特发现时所用到的一样。

"弗兰克，如果被困在法国的是我们的杰克……"

弗兰克用手握住了戒指。

"我有两个条件。"

洛蒂回到雀鹰号上，轻轻地摇晃本的胳膊。

"醒醒，"她小声说，"我需要跟你谈谈。"

本侧过身，睡眼惺忪地看着她："已经是早上了吗？"

"不，现在还是晚上。我需要跟你谈谈，因为……呃，因为我去见了弗兰克，因为我知道你很担心，我也很担心。好消息是他会帮助我们，我是说，与我们一起上路。你不介意吧？"

"不介意，这太好了。"本听起来松了一口气，洛蒂也很高兴，"你说得对，这样比较好。但我们不是应该给他付钱吗？"

洛蒂的喉咙一哽："我把爸爸的戒指给他了。"

"你脖子上戴的那枚？"本从床上坐起来，很失落地看着她。洛蒂告诉过他戒指的事，他知道这枚戒指对她来说有多重要。

"我不介意的。"这是个谎言，但不知为何，在她被迫放弃一些东西之后，她能更轻松地说出接下来的话，"本，还有，弗兰克说只有在天气好的时候，他才会尝试横渡海峡。他说，除非天气条件非常完美，否则这笔交易就取消。"

“可以。”本说。

洛蒂咽了咽口水。“他还说……他说他不会带着埃尔西一起出海的。他说如果出了什么问题，我们都有可能会陷入危险之中。不只是因为它，还因为你无法专心开船。他需要一个好帮手在船上，而我不够好。他说得对，”洛蒂诚实地补充道，“我不够好。吉姆说由他来照顾埃尔西。他说在你找到萨姆之后，可以在回来的路上把它和小狗们接走。但现在……”

“我得做出选择，”本说，“埃尔西还是萨姆。”

“没错。”

随之是一阵漫长的沉默，洛蒂不敢去打断它。

“那我们先离开埃尔西吧。”本最后说，“我选择萨姆。”

他努力使自己的声音保持稳定，可随后，等洛蒂睡着了，他偷偷地从床上爬起来，轻轻地叫埃尔西过来，然后悄悄地和它一起走进工作室。本用双臂环抱着埃尔西，双手紧紧地抓着它身上的毛和它在内森的床上睡了一整夜。

第十八章

第二天黎明前，洛蒂和本被弗兰克拍打舱门的声音吵醒。一时间，本忘记了自己身在何处。这时埃尔西在他身边挪了挪，他才想起来。

他要离开它了。

“为了找到萨姆。”他提醒自己，但仍然感觉自己背叛了它。

他们让炉子冷了一整夜，以防在泰晤士河上遇到惊涛骇浪时，炉子里火花四溅。因此在他们伟大冒险开始的那个早上，他们萎靡不振地在雀鹰号上吃了顿早餐，就着水和悲痛的心情咽下了面包和果酱。在他们周围的港湾上，其他船员都醒了过来，他们彼此招呼着。在雀鹰号上，狗狗们和船员们在厨房安静地坐着。

又是一阵敲门声，然后弗兰克背着个帆布包，大摇大摆地走下了台阶。

“是时候了。”他说。

本的心像灌了铅一样沉重，他用舌头咂了一声：“走吧，姑娘。”

埃尔西开始低声哀叫起来。

“它在哭呢。”洛蒂说完，自己也快要哭了。

“胡说。”弗兰克说，“狗是不会哭的。来吧，埃尔西。你和吉姆在一起会很开心的。”

埃尔西一边哀叫着，一边退回到内森的工作室。弗兰克不耐烦地哼了一声，走到它身后，把它抱了起来，本紧随其后。弗兰克抱着它走过船舱，再把它放在码头上。

“它可真重呀！”他说，“要是我们掉进水里就轻多了。”

他想开个玩笑，但没人笑得出来。吉姆给了本一个拥抱。

“噢，看在上帝的分上！”弗兰克叹了口气，“别告诉我你也要哭了。”

“跟自己的狗道别并非易事。”吉姆说。

但真的是时候了。本把脸埋进埃尔西的脖子里。洛蒂在雀鹰号的前甲板上看着他们，她紧紧地搂住了费德里科。费德里科呜呜地哀鸣起来。在本最后一次爱抚完埃尔西之后，他踉踉跄跄地回到雀鹰号上，埃尔西的哀叫变成了哀嚎。

“想不想开船，孩子？”弗兰克问。

本摇摇头，说不出话来。

弗兰克解开系船索，启动了发动机。雀鹰号驶离港口，但本一直盯着码头上那个黑白相间的身影。埃尔西使劲地挣着绳子，本看到那双他一直都很喜欢的金色眼睛也在看着他。

他转过身去，不让人看到他在哭泣，然后听到吉姆一声喊叫，他又猛地转过身来。

他的心突突直跳。尽管埃尔西身体不便，身后拖着绳子，但它仍然沿着码头一路狂奔。吉姆揉了揉胳膊，并不打算去抓它。

“我真是死都不敢相信。”弗兰克说，“不会吧！”

“它咬我！”吉姆喊道，但听起来他似乎并不在意，“它竟然咬我！”

埃尔西现在和雀鹰号齐平了，它蹲在地上，准备起跳……

“别动，姑娘，别动！”本大喊，“你会伤到自己的。”

永远不要低估一只意志坚定的狗。

当雀鹰号驶出布伦特福德港时，埃尔西从码头上一跃而下，在六个窄船船员的欢呼声中，它精准地落在了船顶上。落地后，它气喘吁吁地躺了下来，金色的眼睛盯着本，仿佛在说：“别想再离开我了。”

本笑着，又或许是哭着，爬上去和它会合。

“好样的，埃尔西！”吉姆叫道。“抱歉了，弗兰克。”他看到他哥哥的脸，又补充道。

弗兰克知道自己被打败了。

“把那该死的狗带进该死的船舱里吧。”他拉紧了帽子，盖住了光秃秃的脑袋，嘴里嘟囔着，把雀鹰号驶入了船闸，又驶向泰晤士河。

在洛蒂和本的有生之年里，他们绝对不会忘记那次伦敦之旅。

水流汹涌澎湃，把雀鹰号撞得东倒西歪。发动机隆隆作响。本不忍心离开埃尔西，他选择和狗狗们待在下面的船舱里。他坐在地板上，一只手搂着它，另一只手搂着费德里科，他屏住呼吸，感受着摇晃的船身。狗狗们呜呜地哀叫着，紧紧地靠着他。洛蒂站在掌舵的弗兰克身旁，水流的推力吓得她喘不过气来，她尽量不去想那个破碎的木桶，那些鸭子和昨天被水流卷走的那只海鸥。但很快，还没等他们来得及好好去害怕，雀鹰号就已经驶到了远方。弗兰克直起了身子，他们停了下来，不再与激流斗争，而是随波逐流，驶到了朝阳之下。洛蒂往船舱里瞥了眼，呼唤本出来看。

"你看多美啊。"她说，"本，你看天空！比从运河上看大多了。"

他们沿着绿树成荫的河道，掠过植物园，通过邱园的桥底，绕过巴恩斯，穿过铁路桥到达哈默史密斯的吊桥，再穿过两边林立着中世纪教堂的普特尼桥石柱，又穿过富勒姆和巴特西更多的桥。在疾驰过切尔西的堤岸后，他们终于感觉到进入了真正的城市。当兰贝斯桥和威斯敏斯特宫映入眼帘时，洛蒂放声尖叫起来。

“我们——要——经过——议会大厦啦！”

洛蒂在上蹦下跳的时候撞到了弗兰克，雀鹰号偏离了航线，摇晃了一下。

“坐下，查理，看在上帝的分上。”弗兰克大喊道，但洛蒂的热情太有感染力了。

“大本钟！”洛蒂尖叫道。

尽管弗兰克对议会大厦嗤之以鼻，因为他把弟弟的死归咎于那些发动战争的政客们，但他的嘴角还是抽动了一下，几乎要露出了笑容。

太阳越升越高，光线不断地在水面上反射，他们也不断地从水面上掠过。威斯敏斯特桥、黑衣修士桥、南华克桥，洛蒂数着这些桥，用它们来测量她和大巴顿之间的距离。

“圣保罗大教堂！”她尖叫道，然后带着敬畏小声说，“伦敦塔……”

当他们穿过塔桥的巨柱时，雀鹰号显得十分渺小。本想起了很久之前的一次旅行，他与内森和萨姆一起在埃文河畔仰望布里斯托尔的吊桥，他突然感到一阵心痛。洛蒂察觉到他情绪的变化，伸手抱住了他。这是她第一次这么做，他不知道该作何反应。但随后她在他耳边低声说：“我们会把萨姆找回来的，等着瞧吧。只要我们四个在一起，我们任何事都能做到。”他也紧紧地抱住了她。

泰晤士河面越涨越宽，直到可以让人想象出来它与大海汇合的样子。城市消失了，变成了仓库和码头，那里停泊着大型货船。本看到它们不禁咽了咽口水。这些将是他们在英吉利海峡上看到的船只，它们可以在不经意间把雀鹰号撞翻……

“任何事，”洛蒂再次强调，“我们任何事都能做到。”

到了莱姆豪斯港，弗兰克从泰晤士河向右急转弯，开了进去。随着水流平息，一切又再缓慢下来，他们都不约而同地长吁了一口气。

当狗狗们争先恐后地冲出来时，洛蒂宣布道：“这是我这辈子做过的最棒的事。”

第十九章

到了莱姆豪斯，埃尔西在休息，费德里科去跟踪海鸥，弗兰克去找码头管理员咨询天气情况。洛蒂和本在水边的棚屋里买了些馅饼，并往瓶子里装满浓郁的甜茶，为下一段穿过泰晤士河口绕过肯特海岸的旅途做准备。

“要是天气不乐观，我们该怎么办？”本问。

“逃跑。”洛蒂舔着手指上的肉汁说，“坐火车去。”

“那埃尔西呢？”

“把它留给弗兰克吧。”洛蒂笑着说。

“说真的，洛蒂。”

“不会有事的。”她对他说，“你看天空！今天是个适合旅行的好日子呢。你瞧，弗兰克非常非常暴躁地走过来了，这大概意味着他有什么好消息。”

洛蒂说得对。码头管理员不仅很确定今天将会格外地风平浪静，还向弗兰克介绍了一艘荷兰驳船威尔海米娜号的船长，他们可以一直跟着他到拉姆斯盖特。

“所以一切都很完美。”洛蒂愉快地说。

“简直棒呆了。”弗兰克低吼道。

当他们重新回到泰晤士河上时，就连弗兰克的情绪也高涨起来。现在已是早晨晚些时候了，潮水还没有退去，银色的浪花上波光粼粼。他们绕过狗岛，经过皇家码头，驶向蒂尔伯里。狗狗们都待在下面，而洛蒂、本和弗兰克都留在甲板上，他们轮流掌舵，没掌舵的人则欣赏风景。河面越来越宽，河岸越来越平、越来越远，天空也越来越辽阔，直到几乎可以让人想象得出在海上的样子。

“这让我想起了家。”洛蒂说。此时城市已经快消失得无影无踪了，沼泽地把他们包围了起来。

“巴顿莱西？”本惊讶地问。

“不是那个家。”洛蒂说，然后低声唱起了那首关于夜莺的歌。那是她小时候穆恩在她的花园里教会她的。从枪下救出费德里科的那晚，她想起了这首歌。

“很优美。”弗兰克说，“是什么意思？”

“哦，这是一首很古老的歌，很悲伤，但也很美。讲的是有个人经过一处泉水，泉水太美了，他忍不住进去游泳。这时，一只夜莺唱起歌来，然后他说：‘唱吧，夜莺，唱吧，你有一颗快乐的心。’但这个人的心并不快乐，因为他没有给他的心上人一朵玫瑰，所以他被拒之门外了。”

“太傻了。”本说。

可弗兰克想起了很久以前有一个女孩，他就是因为这样一个愚蠢的原因失去了她的心。他说：“教我们唱吧。”

“什么，用法语吗？”

“还有很长的路要走呢，查理。而且，我们要去的地方法语会大有用途。”

于是洛蒂教他们唱这首歌。弗兰克和本在法语上苦苦挣扎，他们都笑了。但当她教他们唱副歌时，他们都陷入了沉思，因为副歌的内容是“爱君良久，永不相忘”。当他们唱着歌时，本想到了内森和萨姆，洛蒂想到了伊泽贝尔、泰奥菲勒和穆恩，弗兰克想到了多年前失去的那个女孩，但更多的是想到了他的弟弟杰克。激流逆转，雀鹰勇进，她在水面上的影子拉得越来越长。

狗狗们在船舱里睡着了。

他们往东边转，空气中开始夹杂着盐味。他们的前方现在只有蓝色。

“这是大海吗？”本问。

“还没到，”弗兰克说，“还在泰晤士河。”

在那无边无际的天空之下，他们继续前进，直到离开莱姆豪斯六个小时之后，他们来到了河口。

第一个浪头让本猝不及防，把他从舵柄旁拽开了。雀鹰号颠簸前行。正在厨房做三明治的洛蒂感到自己的胃在翻腾。本的血液里都流淌着恐惧。狗狗从睡梦中惊醒，嚎叫起来。

“别紧张，小伙子。”弗兰克把手搭在握着舵柄的本的手上，“稳住。海浪并不像你所见的那么大，而船也比你想象的要坚固。稳住。等我们到了公海，海面就会变得平静一些了。”

稳稳地，稳稳地，雀鹰号顺着海浪爬起来，又滑下去。但在弗兰克的指引下，本感受到了脚下船身的强度，以及驱使他们前进的发动机的力量。

本说：“我还以为第一个浪头来的时候，它会沉下去呢。”

弗兰克说：“这还不是真正的浪。”

他们到达了公海，弗兰克说得没错，海面确实平静了。他们依旧沿着海岸，紧跟着威尔海米娜号，一直开到所有的茶都喝完，所有的三明治都吃完，所有的灯光都灭完。洛蒂打了个哈欠，弗兰克让她下去睡觉。狗狗们在本的床上打着哆嗦。洛蒂爬到它们身边，抱着它们。雀鹰号就像摇篮一样晃呀晃。

“永不相忘……”她轻轻地对着狗狗们唱道。

永不相忘……

永不

永不

永不。

洛蒂睡着了。

过了一会儿，弗兰克到下面去用洗手间。在这短暂的时刻，本独自一人站在舵柄旁，脚下是漆黑的水面，头上是满天的星斗。此时，一件新奇绝妙的事情发生了……威尔海米娜号的航迹和雀鹰号的尾浪荡漾起绿色的磷光，在乌漆墨黑的海面上，两艘船就像两颗宝石立在发光的云朵之上。

“太神奇了。”本深吸一口气说。

这个世界上别无他物，只有他、船、天空、海浪和这奇妙的异界之光。

在远处海面，锋面天气正在形成。在远处内陆，载着休伯特和薇拉返回大巴顿的火车在夜色中缓慢前行。但在甲板上那神奇的一刻，本知道洛蒂说得对，雀鹰号任何事都能做到。

第二十章

威尔海米娜号在拉姆斯盖特离开了他们，前往比利时的尼乌波特。雀鹰号停下来，等待下一次潮汐，然后给船加个油，让船员们吃个饭。

现在是星期五的早上，天气暖和，已经有人在海边散步了。附近一家小旅馆的早餐丰盛可口，弗兰克、洛蒂和本慢慢地品尝着。当他们回到码头时，雀鹰号周围已经聚集了一小撮人。

“你们绝对不可能把它开到海上去的！”一个小男孩惊诧地说，他手里拿着一根巨大的石棍。

对此没必要撒谎。

“我们确实开了。”洛蒂相当自豪地说。

“码头管理员说你们要一路把它开到法国去呢！”他的妹妹喘着气说。

本做了个鬼脸，还是那句话，撒谎又有什么意义呢？

“没错。”洛蒂说。小男孩和小女孩的眼睛瞪得圆溜溜的，仿佛就要从脑袋上蹦出来一样。

“疯了。”一个用手绢在头上打了个结的男人说，但看上去他却是一脸钦佩。

一名来自《东肯特先驱报》的记者带着相机来了。

“你们需要多长时间才能到加来？”他问道。

“大约六个小时。”弗兰克说，“正好赶上喝茶的时间。”

然后洛蒂解开了系船索，弗兰克启动了发动机。本把狗狗们放进船舱里，他特意拥抱了一下埃尔西，然后再上来掌舵。弗兰克站在他身边，洛蒂站在储物箱上向码头上的人群挥手致意。就这样，本驾驶着雀鹰号驶向了公海。

这名记者回到办公室，为报刊的周末版打印他的报道。

现在没有了威尔海米娜号为他们开辟道路，也没有海岸线可以依靠。他们的前方只有四十英里的水域，远处偶尔有货船或军舰，雀鹰号孤零零地直奔大海。狗狗们并不喜欢这种感觉。埃尔西费劲地爬到本的床上，闭上了眼睛。费德里科蹲在它身边，用责备的目光看向走进来的每一个人，仿佛在说：“还要多久？”

但海面平静，天气晴朗，雀鹰号也很平稳。

没有什么可担心的。

弗兰克到下面去休息，让本掌舵。洛蒂站在他身边，深深地吸了一口气。空气中弥漫着盐味和发动机的烟味。

“就像自由的味道。”本仿佛读懂了她的心思。

“就是自由的味道！”洛蒂说。

她轻轻地哼起了夜莺之歌，本也跟着她唱起来。但有那么一会儿，他们身后的英国消失在视线之内，而他们前方的法国仍在视线之外。于是他们停下了歌声，因为这一刻太宏大了，唯一的声音就是雀鹰号的发动机声，雀鹰号在勇敢地破浪前行，慢慢地，稳稳地，慢慢地，稳稳地。

“我们这么做太正确了。”洛蒂说。

本微笑着，把脸转向了太阳。

在沉默中，他们肩并肩，直视着前方继续前进。潮水转向，前进的速度减慢了，但雀鹰号还是继续开着，没有理由会出什么问题。小浪花拍打着船身，空气也越来越闷热，但天空依然蔚蓝，海面依然平静。

地平线上出现了一道白线，法国海岸映入眼帘。顿时一派欢声雷动、胜利在望的景象。本欢呼，洛蒂呐喊，弗兰克从船舱里探出头来：“哟，真是谢天谢地。要不要我来接手？”

“不用了！”本说，然后弗兰克又下去了。

但是，但是，但是……

片刻后，弗兰克又上来了，他的表情变得很严肃。

“这该死的狗开始了。”他说。

本和洛蒂一脸不解地看着他。

“生小狗。”弗兰克说着接过了舵柄，“去吧，”他叹了口气，“去看看它。”

不，不，不！小狗，现在！这正是本一直害怕的！要是出了什么问题怎么办？要是埃尔西不知所措怎么办？要是……洛蒂紧跟在本身后，他们踉踉跄跄地走下台阶，进入了船舱。

埃尔西在本的床上紧紧地蜷成一团，头上盖着毯子。

它看上去似乎并没有任何不适。

“我不明白，”本向弗兰克喊道，“你为什么觉得它开始了？”

“我从来没见过狗这个样子。”回答传了回来。

“但我见过……”洛蒂小声地说，脸色变得非常苍白，“我第一次见你时，它也这样过。本，虽然那天天气很好，但后来却下起了滂沱大雨。它就是一个晴雨表。”

他们转身爬回到甲板上。在他们下去的短短时间里，气温骤降，小浪花也越来越汹涌。法国看起来并没有更近，地平线已经变成了一大片瘀青色。

“你看天空！”洛蒂在莱姆豪斯说过这句话。她不知道在多年前，当伊泽贝尔想要留下来时，这也是她爸爸在巴顿莱西门外说的最后一句话。

狂风暴雨。

有时候来得总是那么令人措手不及。

此时，雀鹰号正在拼尽全力与浪潮对抗，眼看着浪潮就要获胜了。空气寒冷，天空很低，海面依然平静，但与之前的平静有所不同。之前的大海仿佛正在沉睡，而现在它正在涨高，威力越来越强。此时再去向往平和的运河、绿意盎然且宁静的英国乡村、朝阳下相对安全的伦敦泰晤士河、平静的海岸线和威尔海米娜号安心的陪伴，都是枉然。雀鹰号船员们唯一能做的就是坚守航线，祈祷在暴风雨来临之前能平安到达港口。现在是由弗兰克掌舵，本站在他身边，洛蒂则在船舱里设法安抚那些惊慌失措的狗狗。

几分钟过去了，但给人感觉像是过了几个小时。他们一寸一寸地努力前行，法国海岸线也越来越近。

“加来。”弗兰克终于喘了口气说，他指了指远处一片白茫茫的影子，与其说是看到，不如说是在猜测。

水流把他们冲离了航线。弗兰克把雀鹰号绕到海岸线边，向东行驶。本看到了悬崖、被风吹弯的树木和一座教堂。他祈祷着船能开快一点。

海浪越来越大了。

“不会比昨天遇到的更糟糕的。”弗兰克说。

但是海浪越涨越高。洛蒂双手抱着狗狗们，呻吟了一声。费德里科感到恶心，埃尔西则更往毯子里钻了。

当加来港口的岸壁进入他们的视线时，第一滴雨也落在了他们身上。一道闪电划破了天空，轰隆隆的雷声随即响起。忽然，一阵狂风刮来，海面也随之一阵翻腾。

“本，到下面去。”弗兰克命令道，“拿个桶给查理。叫她到工作室去，看着前甲板。她必须待在里面，除非海浪冲破了船头。要是真有这种情况，她必须不惜一切代价把水舀出去。告诉她，如果雀鹰号翻船了，就赶紧出去，紧紧抓住船身，无论如何都不要松手。无论如何，听到了吗？如果可以的话，她最好爬到顶上去。”

“那狗狗呢？”当本把弗兰克的话传给洛蒂时，她面色煞白低声地说，“要是雀鹰号翻船了，它们该怎么办？”

“它不会翻船的。”本说着，从厨房里递给她一个桶。

“可是万一它翻了呢？狗狗抓不住船身，会被淹死的……而且，本，要是雀鹰号沉下去了怎么办？”

“它不会沉下去，也不会翻船的。”本固执地重复道。但此时雀鹰号却颠簸得厉害，他走回甲板时差点儿摔倒了。

还没看到海浪，他就先看到了弗兰克的脸。那个不动声色、坚强、沉默、可靠的弗兰克，变得脸色惨白如鬼，他瞪着眼，张着嘴，一动不动地站在原地——虽然还握着舵柄，却已不再驾驶。

本转身顺着他的目光看去。

巨浪滔天，海浪高耸在雀鹰号之上。

雀鹰号再次颠簸前行。狗狗在嚎叫，洛蒂在尖叫。从船舱的窗户里已经看不到天空，只能看到海水。弗兰克傻眼了。本毫不犹豫地把弗兰克推开，抓住舵柄，直接冲进了海浪里。

第二十一章

肯特之傲号客轮在它的岁月里经历过许多风暴，而这次绝对是最糟糕的一次。在横渡英吉利海峡时，头等舱休息室的大多数乘客都在俱乐部的椅子上呻吟。随着法国海岸进入视野，海浪涨得有一座联排别墅那么大。有个小女孩往冰桶里呕吐，然后轮到她哥哥，再轮到他们的女家庭教师。有两位上了年纪的绅士捂着嘴，摇摇晃晃地走到甲板上，几秒钟后就被呼啸的风吹了回来，其中一个人的帽子没了。

吧台前坐着一个英俊的青年，他面前有杯咖啡，他的头发是刚成熟的栗子色，左眼上有一块眼罩，只有他保持泰然自若。他的名字是亨利·德·博谢纳，是名上尉。在法国海军服役的四年里，他见过比往桶里呕吐更糟糕的事情。在航行时，他大部分时间都在看报纸，但却越来越频繁地瞥向甲板，那里站着一个年轻的女人，正隔着栏杆往外张望。

自从肯特之傲号起航以来，她就一直待在那儿。亨利一开始还以为她是晕船，但当旅途走到大约一半时，她抬起头来，他改变了想法。

那个女人眉头紧锁，即使相隔甚远，他也能看出她在咬自己的下唇。她看上去并不像要把自己的午饭吐进大海的样子。

真是耐人寻味，亨利一边呷着咖啡，一边想。他并没有想过去干涉。但随后，让孩子们和他们的女家教翻江倒海的潮水又涨了起来。亨利的咖啡从杯子里飞溅出去，碟子摔碎在地上。孩子们又一次吐了，他们的女家教惊叫起来，令人费解地给他们喷洒薰衣草水。一位上了年纪的绅士用手捂着嘴蹒跚地走向洗手间。

甲板上的那个年轻女人摔倒在地。

亨利急忙想跑去扶她。

肯特之傲号倾向一边，亨利就倒向另一边。沉重的甲板门摆回到他面前，他敏捷地转身避开。海浪朝他喷溅咸津津的水沫，他置之不理，而是优雅地滑过被雨水打湿的甲板，向那个年轻的女人走去。

等他走到她身边时，她已经站了起来，身子倚在栏杆上。

“夫人，快走吧！”他大喊道，“那里不安全！”

她转向他。

风还在刮，海还在涨。风暴肆虐，大雨倾盆。在休息室里，第二位年长的绅士冲向了洗手间。亨利对这一切全然不觉。星星在他的脑海中爆炸，心脏在他的胸膛里跳跃。整个世界只剩下一张被凌乱红发缠绕着的苍白的脸，以及圆圆的小眼镜后面那一双灰色的大眼睛。

这张美丽的面孔说话了。亨利身子尽力向前，倾听着。

“孩子们。”她低声说。

亨利焦急地环顾甲板。他没有看到任何孩子。

“请告诉我该怎么帮你。”他说。

“不在这里！”她哭喊道，“在那里！”

克拉拉向大海挥舞着双臂，泪流满面。

在巴顿莱西，休伯特打开了圣维妮弗雷德学院的来信。学院秘书在信中告诉他，洛蒂没有来学校，希望一切都安好，并提醒他，他为洛蒂入学所付的押金是不退还的。

从随即而来的咆哮声中，很难判断休伯特的愤怒更多是因为再次被愚弄了，还是因为他的钱白花了。

总之他怒气冲天。

这是他一周内第二次打电话报警。

“找到她。”他说。

第三部分

第二十二章

雀鹰号的船员们又湿又冷，既兴高采烈又哆哆嗦嗦，在胜利和泪水之间徘徊。船舱被海水冲刷，甲板被雨水浸泡，狗狗们湿漉漉，气呼呼的，但他们成功了！他们战胜了暴风雨，他们还活着！他们在港口岸壁的安全保护下，等待着通过海关，然后再前往内陆。

弗兰克为自己被海浪吓傻了而深感羞愧，但又为本救了他们所有人而备感欣慰。他颤抖着双手，从背包里掏出护照，并让本和洛蒂也这么做。

“噢。”本说。

弗兰克疑惑地看着他：“又怎么了？”

“我没有护照。”本淡淡地说。

弗兰克骂了几句。

“我好像忘记了，”本坦白说，“我以前从来没有出过国。”

洛蒂搂着本床上的狗狗们，向弗兰克投去了责备的目光：“我们刚从英吉利海峡的暴风雨中幸存下来，弗兰克。我想，我们还是可以应付得了一个海关官员的。本，你都有些什么证件？”

本尴尬地拿出了在离开大巴顿之前找到的文件——内森的护照、雀鹰号的文件、他自己的出生证和收养证。洛蒂咬着嘴唇，专心致志地翻阅着它们。

“我想，”她宣布道，“现在是撒谎的好时机。”

当海关官员让·勒帕热来的时候，他们已经做好了准备。不过当他们看到他的时候，他们顿时心灰意冷，因为他看起比弗兰克还要暴躁。

而此时此刻，他正在说着什么。

弗兰克摆出一副古怪的表情，可能是在微笑，然后拿出了内森的护照和雀鹰号的证件。当让·勒帕热检查这些文件的时候，他们都屏住了呼吸。当他把文件还给他们时，他们尽量不表现出松了一口气的样子。

“小孩的呢？”

洛蒂把护照递给他。让扬了扬眉毛。

“你不是他的女儿，”他用法语说，“你也不是英国人。”

洛蒂脸上堆满了笑容，误以为这样可以让她显得很放松。她回答说弗兰克是她家人的好朋友，虽然她妈妈是英国人，但她随她爸爸，是法国人。

“他们现在在哪里，你的父母？”

“死了。”洛蒂说。

让·勒帕热脸红了，他转向本。弗兰克出示了本的出生证明。让·勒帕热又扬起了眉毛。弗兰克又出示了本的收养证明。

“我的儿子。”他的声音平稳得令人钦佩。

“他的护照呢？”

“没有。”弗兰克避开了官员的视线，“没时间拿。不得不匆忙离开。”

让·勒帕热的眉毛快扬到发际线里面去了。洛蒂连忙去救弗兰克。“内森先生要带我去参加我祖母的葬礼。”她即兴用法语一阵狂说，“她死得太突然了。流行性感冒。啊，祖母！我那么爱她！”

她抹了一把看不见的眼泪。弗兰克一个字都没听懂，他满脸惊慌。让·勒帕热问道：“让他带你们去坐港口联运火车不是更容易吗？”

“可是内森先生有一艘船！”洛蒂叫道，一脸很惊讶的样子，“这艘船，他和本——也就是他儿子——一起住的船！我们为什么还要坐火车呢？”

“这太不寻常了。”让·勒帕热嘟囔道。洛蒂开始感到绝望了，她在想是不是应该乞求他大发慈悲，然后把全部真相都告诉他。这时，狗狗们所在的工作室里传来了一声惨叫。本打开门，费德里科如箭般从船舱里射出来，钻进了洛蒂安全的臂弯里。

“怎么了？”她大声问道。

“我想是埃尔西咬了它。”本说着，往工作室里看了看，“它在怒吼，刚刚还对我龇牙咧嘴。”

让·勒帕热揉了揉脸，然后疲倦地要求看狗狗的证件。

“啊。”洛蒂说。

她在想，这个满脸愁容的官员会对从马拉奇·坎贝尔手中救出费德里科的故事做出怎样的反应呢？

“它开始了！”本喊道，“埃尔西开始了！”

洛蒂发出一声尖叫。弗兰克盯着天花板，思考着这会让事情变得更好还是更糟。

让·勒帕热哀怨地问道：“什么开始了？”

“生小狗！”洛蒂喘着气说。

让·勒帕热放弃了。所以说那个男孩没有护照？他和他爸爸在一起，他看起来很开心。雀鹰号上的人太反常了，可能是疯了？但这也不是禁止进入法国的理由。让·勒帕热觉得自己快要打喷嚏了，坦白说，这个世界上有更大的问题。

“穿过港口到达港湾，在右边的尽头有个船闸可以通往运河。请立即离开，后面还有更多的船要进来。欢迎来到法国。”

当雀鹰号经过他身边，停在码头时，他终于打出了那个喷嚏，他停下来擤了擤鼻子。当让·勒帕热把手绢收起来时，他想起了洛蒂告诉他生小狗时脸上的表情。那是一种纯粹的惊喜的表情——经过这么多年的战争，他最后一次看到这样的表情是什么时候呢？

整整一天，只要一想起雀鹰号，让·勒帕热就忍不住扬起嘴角。

回到雀鹰号上，洛蒂感到了胜利的喜悦。

“看到没？我们带埃尔西来是多么正确啊。”她对弗兰克说，“聪明的狗！完美的时机！”

“好，好。”弗兰克抱怨道，“来，把这些该死的证件拿走。我再也不想见到它们了。这恐怕是我度过的最可怕的一天了。”

洛蒂对着弗兰克灿烂一笑，从他手中接过刚刚出示的所有证件，把它们塞进了厨房的抽屉里。然后，弗兰克一丝不苟、技术娴熟地驾驶着雀鹰号穿过繁忙的港口，向船闸驶去。在船舱里，本、洛蒂和费德里科则在工作室的门边徘徊。

“埃尔西呢？”洛蒂悄声问。

“在床上。”本说，“它做了个窝，就像暴风雨前它做的那样。”

“你怎么知道这不是又一个预示着暴风雨的窝？”

“这个不一样。”

“我们可以看看吗？”

“不知道……或许我们应该别去打扰它……”

“可是我想看……”

为了不打扰埃尔西，洛蒂和本蹑手蹑脚地走进内森的工作室，洛蒂用手抓着费德里科的项圈……

弗兰克驾驶着雀鹰号来到旋转桥下，又通过了船闸。大约走了九十多米，他看到一家背对着运河的小旅馆，河岸边还有系船索。他停下来，把雀鹰号系好，走进旅馆，与旅馆老板鲁瓦埃夫人——一个凶悍但友好的寡妇——交谈。然后他点了一杯咖啡和一个三明治，坐下来写了一张便条。

当他回到雀鹰号时，工作室的门半开着。在暮色灰暗的光线中，他看到了屋内的轮廓，孩子们跪在地板上，费德里科在他们身边，埃尔西在床上。洛蒂抬起头来，看到了他。

“已经有三只小狗了。”她轻声说，“等它们长大点，可以离开埃尔西的时候，弗兰克，你就得带走一只了。”

“我很乐意。”弗兰克微笑着说。

洛蒂转过身去。他又看了他们一会儿，然后拿起他放在厨房里的背包，把便条塞进折叠桌里，悄悄地离开了雀鹰号。

第二十三章

在第五只——也是最后一只——小狗出生后，本到船舱里点燃炉子准备喝茶，这时他发现了弗兰克的便条。他把它带回到工作室给洛蒂，然后他们跪在内森的床铺旁一起看。

弗兰克在旅馆的便签纸上写道：

我不喜欢告别，你们可能猜到了，但我还是想谢谢你们。如果你们在一周前告诉我，我会开着一艘窄船横渡英吉利海峡，我一定会说你们是傻子。但你们让我知道了这是有可能的，而且你们也让我明白了什么才是最重要的。所以我现在还不打算回英国。吉姆可以照看好秘密椋鸟号。而我要往北去比利时寻找杰克的墓。旅馆的女主人知道你们在这里，她可以帮助你们解决任何问题——希望你们不要介意。她会说英语，我告诉了她一些你们的故事，她很佩服你们。

祝好！

弗兰克

另外，这家旅馆叫La Belle Ecluse。显然，它的意思是“美丽的锁”。用法语说更好听——就像你的歌，查理。

这很像他的作风。”与本一起看完便条后，洛蒂说，“他说得没错，我无法想象他说再见的样子。这是一张非常贴心的便条，非常美。我很高兴他要去比利时了，我会想念他的。”

“现在只剩我们了。”本想到前方的任务已经没有弗兰克能依靠了，不禁咽了咽口水。

“并不是只剩我们。”洛蒂笑着说，“我们还有七只狗呢！噢，本，你看他们！扁扁的小鼻子和粉粉的小脚丫！埃尔西是不是很聪明？它完全知道该怎么做呢。”

洛蒂用胳膊肘靠着床垫，兴致勃勃地盯着这五只小家伙：有四只是黑乎乎的，一只是太妃糖色的。它们在彼此身上跌跌撞撞地爬上爬下，埃尔西把它们舔得干干净净的。

费德里科爬到洛蒂的腿上，嫉妒地用鼻子蹭她的脖子。

“你也很聪明。”洛蒂抱着它轻轻地说，“这四只黑色的小家伙长得很像埃尔西，那只小太妃糖以后会长得跟你一模一样。你看，它的耳朵简直跟你的如出一辙！我要叫它戴尔芬[①]，这是海豚的意思，它差一点就在海上出生了。”

---

① 英文为Delphine。——译者注

“你还不能看出它是不是母的呢！”本小声说。

“我可以。”洛蒂说，“我就是知道。我们应该怎么叫其他的小狗呢？”

本环视着工作室寻找灵感。他的目光落在了书架里狄更斯的小说合集上。多年来内森曾一遍又一遍地大声朗读给他和萨姆听。

“‘皮普’，”本微笑着说，“来自《远大前程》。当然，还有《雾都孤儿》里的‘道奇’，《圣诞颂歌》里的‘弗雷德’，还有狄更斯自己的笔名‘博兹’。你觉得我们能不能这么叫它们？”

他向埃尔西伸出一只手，好像在征求它的同意，然后它舔了舔。轻轻地，他把一只手指放在一只黑色小狗柔软温暖的身体上，然后屏住了呼吸。

“我能感觉到它的心跳……”然后，带着一丝悲伤，“真希望内森能看到这一切。”

“他会的，”洛蒂柔声地说，“他们都会的——内森、妈妈和爸爸。他们就在这儿和我们一起看着。你感觉不到他们吗？”

他们一动不动地坐着，几乎屏住了气息。现在工作室里唯一的声音就是小狗的呜呜声和屋顶上有节奏的雨滴声。本感觉到空气中有一些神奇的东西，就像是在非常古老的教堂里，或图书馆里，或人们喜欢待的空荡荡的房子里所感觉到的那样。

“我得告诉你一件事。”本低声对洛蒂说，“这听起来很疯狂，但在船上，当我冲进大浪的时候，我想我听到了内森在跟我说话。”

“他说什么了？”洛蒂问。

“他说，‘稳住，小伙子，你做得很好’，就像他以前常说的那样，然后我感觉到……我感觉到他的手搭在了我的肩膀上。这听起来是不是很疯狂？”

洛蒂微微一笑。

“来吧，”她说，“我想给你看样东西。”

本跟着洛蒂穿过船舱，来到后甲板上。洛蒂不顾大雨，爬上了船顶，费德里科紧随其后。

“你在干什么？”本大喊道，“你会被淋湿的！”

“管它呢！”她大声回答，“不过是水而已！本，看看你周围！”

本看了看。他会看到什么呢？一条比家里的运河宽一倍的运河，杨树，一个船闸，以及弗兰克提到的旅馆——方正洁白，墙上有浅灰色的百叶窗，窗前有鲜艳的天竺葵……

他露出了微笑。

“法国，本！”洛蒂惊呼道，“我们到法国了！”

他也爬上了船顶。洛蒂抓住他的双手，他们开始上蹦下跳地喊道：“我们到法国了！我们到法国了！”费德里科也在他们身边上蹿下跳地狂叫着。他们完全不在乎被淋得湿透，因为洛蒂说得对，不过是水而已。他们一起征服了世界，打败了休伯特和艾伯特警官，还有一场狂风暴雨。

现在没有人可以阻止他们了。没有人！

两个身影出现在纤道上，一男一女，弯着腰躲雨。本和洛蒂并没有留意他们。那两个身影越来越近。洛蒂停止了跳跃，然后本也停了下来。

两个身影停下了脚步。那个女人抬起头，原来是克拉拉。

浑身湿透的本和洛蒂吓得目瞪口呆。

“你们两个疯孩子！”克拉拉喊道，“马上给我下来！”

然后她的眼泪夺眶而出。

克拉拉坐在床上，洛蒂和本站在她面前，亨利不安地在工作室门口旁的厨房里徘徊。克拉拉准备了一段说辞，但有那么一会儿，在她的抽泣声中，大家都只能断断续续地听懂几句话。

“我以为你们被淹死了……我好害怕……我以为你们已经死了……”

“但是我们没死啊。”洛蒂在克拉拉身边坐下，拍了拍她的手，“我们并没有被淹死呀。克拉拉，你是怎么知道我们在这里的？”

“我们问了码头管理员。”亨利看到克拉拉没有回答，就说道，“要追查你们的下落并不难。你们在加来已经相当有名了。”

他的本意是为了赞扬，不料他们听到这个消息后大惊失色，因为他们又一次保持低调失败了。

“其实我的意思是，”洛蒂说，“你是怎么知道我们在法国的？”

“玛莎……”克拉拉抽抽搭搭地说，“她的妹妹莫莉……”

“莫莉！”洛蒂不悦地说。

“我就知道当初不该告诉她真相，洛蒂。”本说，“我就知道！”

洛蒂忐忑地看向舱门：“莫莉有没有告诉别人？克拉拉，你有没有告诉别人？”

克拉拉还没来得及回答，亨利就说：“这儿有小狗，还很多，就在这个房间后面的床上。我听到了狗的低吼声，就看了看。”

这个意外让克拉拉停止了哭泣：“小狗？”

“埃尔西的，”本说，“也是费德里科的。”

“可是我不知道它已经……”

“我们也不知道。”本说。

“克拉拉！”洛蒂说，“回答问题！你有没有告诉别人我们在这里？”

“没有。”克拉拉说。

洛蒂吁了一口气：“那你为什么会在这里？”

终于，克拉拉开始了她的演讲。她的情绪波动仍然很大，他们必须集中精力才能听懂她说的话。其中涉及彭布罗克郡的小屋、监护权和对狗的照顾——虽然可能不是一整窝小狗，她说，在这个意想不到的障碍面前，她有点不知所措。但是，根据他们的理解，中心思想是克拉拉是来照顾他们，并带他们回家的。

“因为本，亲爱的，关于你的哥哥——你知道这有多难，对吧？是多么多么难，我是说这简直不可能……”

在本的目光之下，她犹豫了。

“这不是不可能，”本说，“我们已经有了计划，不是吗，洛蒂？”

“是的。”洛蒂站起身来，走到本身边。费德里科察觉到了威胁，在门口的上尉让他一直心生怀疑，于是他离开了厨房，小跑着穿过船舱，来到洛蒂和本身边。

“我们是不会回英国的。”洛蒂说。

亨利跳了出来。自战争以来，直到这一刻，他第一次感受到了快乐。狂风、暴雨、克拉拉；孩子失踪了，孩子找到了；小狗们、这艘非比寻常的船，以及它不可能的横渡。

但现在，这个关于英国的话题……

亨利观察着眼前的景象。这个女孩和男孩，衣衫褴褛，浑身湿透，肮脏不堪，面前还有一只可笑的小狗。亨利想，他们看起来就像一支小而凶猛的战斗部队。出于他个人的原因，亨利在精神上也加入了他们的队列。

如果克拉拉现在回英国去了，他又如何能保证再次见到她呢？

“请允许我帮忙吧。”他乞求道。

第二十四章

四年的海军生涯，让亨利从一个充满幻想的男孩变成了一个冷酷无情的组织者。

“首先，”他环顾着雀鹰号那湿漉漉、气腾腾的船舱，宣布说，“你们不能待在这儿。”

他去了船闸边的小旅馆La Belle Ecluse订了三间房——一间给自己，一间给克拉拉，一间给本和洛蒂，还有装满新鲜稻草的马厩小隔间给狗狗们。

本和洛蒂试图反抗，但却是徒劳。

“费德里科会很孤独的，”洛蒂抗议道，“埃尔西现在有了小狗，就不怎么搭理它了。还有，那些马怎么办？”

“没有马。”亨利回答说，“它们都被政府征用去打仗了。鲁瓦埃夫人买了一辆汽车。而且狗也不允许进卧室。”

“可是万一雀鹰号被偷了怎么办？”本担心地问。

“它不会被偷的。”亨利向他保证，“但它很潮湿，这对人和小狗都不好。还有，给小狗垫的毯子也得洗一洗了，不是吗？”

这是不可否认的事实。

“鲁瓦埃夫人会负责洗涤，”亨利继续说，“而且她不会收取你们的停泊费用。她对你们横渡英吉利海峡的壮举十分佩服。我告诉她，本，你到法国来是为了寻找你的哥哥，她把你看作是一个英雄。”

“这下好了，”洛蒂抱怨道，“全世界都知道我们的事了。”

“有一个爱上了英国士兵的女佣还提出免费帮你们清洗雀鹰号。”

“不用了。”本坚决反对道，“雀鹰号是我的船，我不希望任何人插手它的事。”

曾经的海军亨利说他能理解这点，他会取消女佣的计划，但他已经安排好了七点半吃晚餐。

“别告诉我你宁愿在你的船上吃。”他预料本接下来可能会反对，“鲁瓦埃夫人做的饭菜会美味到让你喜极而泣的。我在你的储藏室找过了，里面只有汤。拜托，你们可是我的客人。这是你们在法国的第一个晚上，应该要好好庆祝一下。”

晚餐是红酒炖兔肉，再配上黄油土豆泥。饭后还有怪味难闻的圆圆的稀奶酪，本小心翼翼地盯着它，看着洛蒂把它涂在一块块脆脆的法国面包上；还有一个苹果馅饼，口感清淡又美味，让他不禁怀疑自己以前是否真的吃过布丁。就餐的时候，亨利让本和洛蒂解释了他们寻找萨姆的计划，并认真聆听了他们的具体步骤——先把雀鹰号开到布伊索附近那家被轰炸的医院，再去询问那个认识内森的农民，希望他能告诉他们萨姆失踪的地点，然后去拜访附近的医院。

“那你们什么时候开始这次勇敢的搜寻任务呢？”亨利问道。

他是出于好意，但本和洛蒂对这种随意的语气感到很不悦。

“等我们准备好就走。”本说，“经历了暴风雨之后，我要检查一下雀鹰号，买点补给品，还要规划一下我们的路线。很可能是后天天一亮就走。”

“那，我祝你们好运。”亨利举起酒杯，“为英雄之旅干杯！也为新朋友干杯。”

他对克拉拉热情地笑了笑，克拉拉脸一红，移开了目光。

随后，在旅馆的小卧室里，当本和洛蒂分别躺在自己整洁的单人床上时，洛蒂说出了他们俩的想法。

“他不相信我们能做得到，是吗？”

“是的。”本说，“他只是想给克拉拉留下好印象。”

洛蒂用胳膊肘支起身子，看着本：“你觉得他是不是爱上她了？”

“也许吧。但这未免也太快了。我是说，他们才相遇没多久。”

洛蒂躺下来，若有所思地望着天花板。“我们相遇的那一刻我就知道我们会成为朋友，”她说，“我几乎立刻就知道了。你觉得克拉拉爱他吗？”

“不知道，她看起来很悲伤。”

“她总是看起来很悲伤。”洛蒂不屑地说，“本！我刚刚有一个可怕的想法——你觉得他们会不会想跟我们一起去？”

“他可能会有所帮助，”本说，“就像弗兰克一样。”

“我们需要弗兰克，”洛蒂说，“但我们不需要他，也不需要克拉拉。他只会到处发号施令来讨好她，而她则会一直告诉我们，我们应该回英国去。”

本转过身去看着她：“你还因为她去了伦敦而耿耿于怀吗？”

“不，我没有。”洛蒂轻笑了一声，“我只是比较实际。要完成我的任务已经够难的了，我不想再拖累那些不相信我的人。我得告诉他们别跟来了。”

一阵短暂的沉默，他们都在想，如果告诉亨利和克拉拉实情会怎么样，然后本说：“洛蒂？”

“怎么了？”

“刚才你说这会很难，我很清楚。我怕你以为我不清楚。但我们会找到他的。我可以感觉到。”

“那是当然的。”洛蒂说，“我们刚刚战胜了一场该死的暴风雨。与它相比，找到萨姆自然不在话下。”

本睡着了，他梦见了风和浪。洛蒂还清醒着，她想到了本，以及如果找不到萨姆，他会怎么想；她还想到了克拉拉，以及她在雀鹰号上含混不清的演讲。根据洛蒂的理解，克拉拉想拯救本，不让他被送去孤儿院，而是和她一起生活，但她完全没有提到要拯救洛蒂。

“不过没关系。”洛蒂轻声对自己说，“等找到了萨姆，我就可以拯救自己。谁也阻止不了我。”

在大巴顿，艾伯特疲惫地从巴顿莱西骑车回家。他一直在那里询问扎奇关于洛蒂的事，扎奇什么也没有告诉他。明天，艾伯特将去肯特郡询问女佣莎莉。休伯特已经把她开除了，但她很可能是夏洛特·圣雷米失踪前最后一个见到的人。

在拉姆斯盖特，《东肯特先驱报》的印刷机嗡嗡作响。

第二十五章

风暴过后，阳光明媚。本和洛蒂带着逆反的心情下来吃早餐，他们准备告知亨利和克拉拉，他们将要独自继续他们的旅程，但两个大人都不在。

“上尉一小时前骑着摩托车离开了，那是我堂弟的摩托车，可他再也骑不了了，因为他只有一条腿。”鲁瓦埃夫人一边说，一边给他们端上热巧克力。

“上尉只有一只眼睛呢。”洛蒂指出。

“就骑车而言，一只眼睛总比一条腿好。”鲁瓦埃夫人说，“傻孩子们，他是为了你们到处打听去了。”

“打听什么？”

“啊，这个嘛，”鲁瓦埃夫人耸了耸肩，“我也不知道。而且克拉拉小姐生病了。唉，她一直待在房间里哭。我知道这种病，这是一种心病。还有，你得带那只狗爸爸出去遛一遛了，它叫了一个晚上，这样对生意很不好。镇上的孩子们都想看看那些在船上出生的英国小狗，我不得不把他们都赶走了。”

在马厩里，费德里科带着强烈的责备目光来迎接洛蒂。

埃尔西砰砰地拍打着尾巴，让孩子们欣赏小狗。四只小黑狗正在狼吞虎咽地吃着奶，它们看起来已经比昨天大了，但太妃糖色的戴尔芬还是那么小。它一边可怜兮兮地呜呜叫，一边试图从兄弟姐妹身边挤进去吃奶。洛蒂抱起它，吻了吻，再把它塞到妈妈身边。然后，他们牵着费德里科到城里去。

本好奇地打量着周围。法国看起来一副没精打采的样子，就像两个月前他重新回归的雀鹰号一样，暗淡褪色，残败不堪，需要上漆和修理才行，但这里却让他感到兴奋不已。他跳到一边给叮叮当当的有轨电车让路，他抬头张望又高又窄的房屋和上面紧闭的窗户。他们走过一家咖啡馆，他呼吸着烟草和咖啡的香味，感到自己的血液流速加快了。

“这里和家太不一样了。”他说。

“但这里肯定比我记忆中的要破旧。”洛蒂一边沉思自语，一边避开了一个满溢的垃圾桶，“我想是因为战争的缘故，就像英国一样。也有可能是因为上次来的时候我才七岁，有很多东西是七岁的小孩不会注意到的。”

他们买的第一样东西是一张地图，然后他们在店外的街道上研究。

“我估计两天才能到达医院所在地，”本说，“因此我们买的补给品至少要撑到那个时候。一旦起程，除了睡觉，其他时间我不想再停下来。”

“那我们去找卖食物的地方吧。”洛蒂说，“我去打听打听，噢，本——看哪！”

她拽着他的胳膊，把他拉到街对面的一家糕点店，橱窗里陈列着琳琅满目的蛋糕。

“这可一点儿都不破旧呢！”她说，“来吧，我给你买个巧克力泡芙。”

“洛蒂，没时间吃蛋糕了！”

“本！”洛蒂大吃一惊，“只要是吃蛋糕，永远都会有时间！”

在糕点店旁有一个被梧桐树遮挡的小广场，本和洛蒂坐在长椅上吃蛋糕，而费德里科则去跟踪鸽子。洛蒂咬了一口巧克力泡芙，感觉时光在倒流。她又回到了七岁，在假期的最后一天，她和爸爸一起坐在阿尔芒德集市广场的咖啡馆里，他给她买了一个蛋糕。

“不要告诉穆恩或妈妈。”爸爸说，他的眼睛炯炯有神，“你知道她们对两餐之间吃东西是怎么想的。”

“会影响吃正餐的胃口。”七岁的洛蒂一边念叨着，一边用勺子把奶油从泡芙里挖出来。

噢，那些暑假啊！如果没有了爸爸的陪伴，再去那里吃蛋糕，味道还会一样吗？

“在这里她有点儿不一样。”本看着洛蒂，心想，她更像法国人，仿佛她就属于这里，就像他属于雀鹰号一样，但也仿佛她在寻找什么。

他第一次想到，洛蒂从来没有说过，一旦他们找到了萨姆之后，她会去做什么。

他们大包小包地拿着旅途所需要的东西回到了旅馆，然后用剩下的半天时间打理雀鹰号。下午晚些时候，当亨利回来时，船舱内再次变得光彩照人，被褥也洗得干干净净，挂在旅馆的晾衣绳上晾着。本和洛蒂在擦洗船舱外面，费德里科在船顶上看着，克拉拉红着眼睛在旅馆的台阶上看着。他们都聚集在纤道上听上尉汇报情况，洛蒂饶有兴趣地注意到克拉拉站得有点儿远。

“经过了各方面的讨论，”亨利说，“我已经确定了你们要走的路线，这是前往布伊索被轰炸的医院最近的路。”

他拿出了一张地图。这张地图和本跟洛蒂早上在城里买的一模一样，本计划的路线也和亨利给他们看的一模一样，除了最后的目的地。

“我一开始想让雀鹰号直接开到医院所在地，”本说，“内森在信中说过，驳船去了那里。”

“但不幸的是，我打听到通往该地的河流现在已经无法通航了，所以我才提出以下建议……”亨利又指了指地图，“这里，在这两条河的交汇处有一个修道院，在战争期间，虔诚的修女们在这里护理了很多士兵。她们都是好人，我相信她们会帮助我们的。根据我的计算，从这里坐船到修道院要花一天多一点的时间。然后从圣马修当地的车站坐火车到布伊索大约有二十公里的路程。”

虽然有点不悦，但洛蒂不得不承认，这确实很有帮助。

亨利转向克拉拉：“克拉拉小姐，我会骑车走在前面，通知修女你们到达的时间。”

现在正是时候，洛蒂想。

“告诉他们，”她压低声音对本说，“说我们不想让他们来！”

“为什么是我？”本低声回道。

“这可是你的船！”

“我不知道说什么好。”本呆呆地望着上尉，“他真的……非常有效率。”

“好吧，”洛蒂说，“让我来。”

但克拉拉抢先了一步。

“上尉，”她的声音微微地颤抖，“我们能谈谈吗？”

他们一起沿着纤道离开了旅馆。

“你真是个好人。”当他们走到本和洛蒂听不见的地方时，克拉拉说道。

“我不确定自己是不是，”他诚实地回答，“我也不确定是否应该鼓励本去找他的哥哥。在我看来，这是一场毫无希望的努力。用你们的话怎么说来着，大海捞针？”

“是的。”克拉拉说，“当然，你说得没错。但我非常害怕他需要自己去发现这一点。”

“克拉拉小姐……”亨利涨红了脸，一反常态地害羞起来，“我之所以帮忙……我所做的一切，都是为了你。我必须告诉你……”

“噢，请不要再说了！”克拉拉说。

“你根本不知道我要说什么！”

“我知道！”克拉拉又快要哭了，但她也很想去解释，“问题是，我刚刚失去了——一个男孩。这个年轻人，我非常爱他。我等了他这么久，而现在……我才知道他已经死了，我都不知道自己还能不能再爱下去了，我甚至不知道自己是否还爱着他——这种感觉已经和等待的感觉混在了一起。就连我的家人，甚至我的父母，都非常强烈地反对他，他们把我赶出家门，也不回我的信。我已经远离爱太久了，我想我已经忘记什么是爱了。所以你看，我不能——我是说，这太不公平了——我是说，你已经非常非常好心了，我不能要求你更多了。”

“即使以朋友的身份？即使我不介意你不爱我？”

“即便如此。”她想挤出笑容，但却如此痛苦。

亨利看着运河对面，岸边有一丛雏菊在午后的微风中翩翩起舞。他有一个疯狂的想法，他想涉水过去为她采摘。但转念一想，这个举动会让她难堪，也会让她伤心，因为她是那种宁愿让花儿继续生长的人。一想到那些伤害她的人，他就感到一阵愤怒。

“请问——我知道这很冒昧——为什么你的父母如此反对你所爱的那个年轻人？”

克拉拉叹了口气，他不禁担心自己是否得罪了她。但随后她又开口了，声音很轻柔。

“他是德国人。”她说，“但这对我来说并不是问题，对他们来说也不应该是问题。”

然后她离开了。

说了这么多，还有这么多没说。克拉拉沿着纤道匆匆离开了亨利，她真希望自己能有勇气回头告诉他，如果生活有所不同，情况有所差别，她可能会给他一个不一样的答案。而亨利从她吐露的心声中回过神来，他真想在她身后大声说，马克斯的国籍对他来说也不是问题，他会等她，就像她等马克斯一样。

而且还有别的话。

“你错了。”他想对她说，“你说你不能再爱了，但你明明可以。你爱那些孩子。”

但亨利没有说出口，而克拉拉也没有转回头。

亨利又看了一会儿河水，然后从另一条路回到了旅馆，付了三个房间的钱，与鲁瓦埃夫人简短地说了几句话，然后骑着她堂弟的摩托车去了他住的地方——巴黎。

洛蒂和本看着克拉拉无精打采地朝雀鹰号走回来。

“哦，老天，”洛蒂说，“本……”

“我知道，”本说，“我们不能丢下她。”

“是啊，我们不能。可怜的老姑娘，她看起来太可怜了，必须有人照顾她才行。你觉得她会介意和小狗们一起住在内森的工作室吗？”

第二十六章

终于，他们要出发去找萨姆了！

星期天，天一破晓雀鹰号就离开了旅馆。河面很宽阔，四周长满了成熟的玉米和大麦，两岸还遍布着毛地黄和绣线菊。阳光明媚，风和日丽。在工作室，埃尔西在一个铺着毛毯的水果箱里给小狗喂奶，费德里科则在它最喜欢的船头位置打量着鸭子、黄莺和翠鸟。这一景象就像田园诗一样平和宁静，但船员们的心情却是紧张不安。掌舵的本处于恍惚状态，他把注意力全集中在驾驶上，这是他唯一能控制自己神经的方式。洛蒂和克拉拉分别坐在他两边的储物箱上，她们明白本需要安静，于是便沉浸在各自的思绪中——克拉拉想着背后的遗憾，洛蒂想着前方的困难：在布伊索寻找萨姆，以及寻找她自己……

大约在离开加来一小时后，雀鹰号的船体深处开始发出嘎嘎声。

“我们是不是该检查一下？”克拉拉问道。

“我已经检查过了。”本说，“它很好。”

“听上去不像是好的样子……”

“在找到萨姆之前，我们是不会停下来的。”

短暂的午餐后，他们转入内陆，来到一个小镇上，这里全然没有了田园风光的感觉。

这里就是一个国家在战后的真实模样。

整个小镇满目疮痍。教堂少了个屋顶；大多数房屋都不见了墙壁；在一家商店的上方，一块曾经气派的糕点店招牌变成了锯齿状，挂在没有大门的门洞上；还有那些树……

“它们都被砍掉了，”洛蒂说，“为什么呢？”

“它们妨碍了打仗。”克拉拉说。

马克斯曾经写信给她说过这个。

“可怜的树……”洛蒂想起了巴顿莱西的山毛榉小巷，想起了有夜莺唱歌的树林，树木的命运让她无比难过，“它们只是在那里，它们并不想去打仗。”

“没有人想去打仗。”克拉拉说。

“但总有人想去，”本说，“不然就不会有战争了。”

他们继续航行，除了雀鹰号的嘎嘎声，四周一片寂静。

下午晚些时候，在一片野花环绕的草地上，他们看到了一架战斗机的外壳。洛蒂想起了她的父母，转过身去，伏在了船头边缘。克拉拉前去安慰她，但洛蒂推开了她，抱着费德里科呆呆地坐在那儿，木然地盯着眼前的景色。它看起来与她和父母一起欣赏过的如此相似，但给人的感觉又是如此不同。

傍晚时分，他们经过了一片墓地。这是一个战争公墓，从运河上看不清楚它属于哪个国家，但它似乎绵延了数英里。一座又一座的坟墓，有的年代久远，有的新挖不久，每座坟墓上都竖有一个木质十字架。本关掉了发动机，雀鹰号静静地漂流着。时不时从附近的灌木丛中传来鸟儿的歌声和微风轻柔的沙沙声。他们都在想着同样的事，但都没有大声说出来：与前方的任务——在这一大片残骸废墟中找到萨姆——相比，横渡英吉利海峡简直就是小儿科。

他们在几棵白杨树下停泊过夜，旁边是一片田野，棕色的奶牛在吃着草。他们吃了冷鸡肉和鲁瓦埃夫人给他们的苹果馅饼，他们怀里抱着小狗，但即使小狗的软萌也无法抹去他们所看到的一切……随后，克拉拉去内森的工作室睡觉了。洛蒂把手从床上伸下来，本也把手举起来，握住了洛蒂的手。他们保持这样的姿势好一会儿，尴尬又不适，但却不想放手。

“这么多坟墓。”洛蒂轻声说。

“是啊。”本说。

“但我们会找到他的，本，等着瞧吧。”

本握紧了她的手，然后低声说：“你的父母，那架飞机。洛蒂，我很抱歉，很抱歉把你带到这里来。”

“不，”洛蒂说，“这是我的主意，记得吗？是我们把彼此带来了这里。”

最后，他们觉得继续牵手实在太不舒服了，于是紧紧地握了一下之后，便松开了手，但谁也说不清是谁先松开的。

“一切都会好的，”洛蒂说，“只要……”

“我们在一起。”本说。

当他们逐渐进入梦乡时，他们都在想：这种彼此接话的习惯是从什么时候开始的？

星期一上午十点左右，他们顺着运河到达了船闸，两边的河岸上矗立着亨利提到的修道院。战争期间，好心的修女们就是在这里护理士兵。离开了那条带有沉痛回忆的运河，他们有一种解脱的感觉。河流两边树木成行，就算背后有什么令人恐惧的东西，也被隐藏了起来。与运河相比，自然河流上给人的感觉有些不同。自然河流让人感觉到有生命力，洛蒂一边在舵柄旁等着本从船闸回到雀鹰号，一边想。这条河流得极其缓慢慵懒。它既没有泰晤士河的气势，也没有它的宏伟，给人的感觉是，它在悄悄地邀请你来玩。

洛蒂向这条河承诺，总有一天，我们会来的。但现在还不是时候。

他们还有很多事要做。

“准备好了吗？”本回到船上时，洛蒂问道。

“准备好了。”

本挺直了身子，目光直视前方。

在嘎嘎的响声中，雀鹰号朝着修道院驶去。

莎莉矢口否认知道洛蒂行踪一事。她告诉艾伯特，她最后一次见到洛蒂，是这个可怜的孩子去学校的前一天晚上，她请求莎莉第二天不要给她送行，因为她不想莎莉看到她哭。

艾伯特错过了回大巴顿的末班车，只能在一家酒馆楼上的房间里度过了星期六晚上。

星期天早上等火车时，他拿起了一份周末版的《东肯特先驱报》。在第三页标题“勇敢的孩子们向公海进发”的下面，有一张记者在拉姆斯盖特港拍摄的雀鹰号的照片。在照片里，本在掌舵，弗兰克和洛蒂在他身边。

艾伯特的心跳顿时漏了一拍。

侦探工作和生活一样，都需要点运气。

回到大巴顿，艾伯特直接去了巴顿莱西，把他的发现告诉了休伯特。

“我不明白。”洛蒂的舅舅拿着报纸站在泰奥菲勒的书房，他盯着那张照片，并没有请艾伯特坐下，“这艘船是怎么回事？这些人又是谁？”

“我不知道这个男人是谁。”艾伯特承认道，“但这个男孩子，肯定是本·兰顿。”

“谁？”

“和夏洛特一起上课的小伙子……”在休伯特的目光下，艾伯特支支吾吾地说，“这是他的船。对不起，先生，我以为你知道……”

“不，”休伯特咬牙切齿地说，“我不知道。”

他狠狠地盯着桌子后面的墙壁，然后皱起了眉头。挂在那儿的那幅画竟然稍稍有些歪……

星期一早上艾伯特便动身去了法国。他接到命令，如果有必要的话就把洛蒂拽回英国，但要谨慎行事。当火车驶出车站时，他心想，这真奇怪，在他和休伯特的谈话过程中，这个人一次都没有表现出对他外甥女安全的关心，只有对她行为的愤怒。好吧，这个女孩确实愚弄了她的舅舅——逃跑、偷钻石，更不用说让他为本的教育买单了，还有关于马拉奇·坎贝尔的狗的怪事……

至于本，拿他哥哥的事欺骗了艾伯特好几个星期……

他回忆起他告诉洛蒂和本他们必须去上学的那天——在那个时候，他们就已经开始违反规则了。毫无疑问，这些孩子是一股不可忽视的力量。

但艾伯特也是如此。

第四部分

第二十七章

当本把雀鹰号开到修道院摇摇欲坠的码头边时，他和洛蒂的心快跳到了嗓子眼。这是个可爱的地方，河水缓慢而慵懒，河边树木丛生，蜻蜓河面掠过，家燕低飞饮水。但在这里，他们寻找萨姆之旅的航程结束了，而在陆地上的搜寻也开始了。他们要去的是那些他们曾开船经过，但从未停留的地方。

直到上岸了他们才意识到，这艘小窄船是多么有安全感。

“应该把狗狗留下来。”克拉拉说，“我们不知道它们是否会受到欢迎。”

“上尉说她们是好心人。”洛蒂抗议道。

“这并不意味着她们喜欢狗。”

没有船，没有狗……本和洛蒂突然觉得自己孤立无助，但他们还是肩并肩，迈着坚定而快速的步伐踏上了一条小路。他们沿着小路从码头走到了一扇嵌在高墙上的褪色的门。本用力一推，门吱呀一声打开了，旅客们走了进去。

他们发现自己走进了一个杂草丛生的果园。在他们的左边，有一排苹果树已经显现出枯萎的迹象。当房子映入眼帘时，他们看到有几扇百叶窗已经残破不堪，墙上肆虐地长满了常春藤。然而尽管如此，房子和果园都给人一种坚不可摧的感觉，微风沙沙穿过，树木和常春藤仿佛在喃喃细语：时代虽艰难，但我们仍然在这里……

"不会有事的。"洛蒂轻声对本说，"我有一种很好的预感。"

后门旁边放有一张长椅，门是开着的，从屋内传来一个女人唱歌的声音。克拉拉走上前去，用法语问候了一声。歌声立刻停止了。一名年长的修女来到门口，她在灰色长袍的围裙上擦了擦手，然后介绍说她叫莫妮克修女。

"你们就是英国的旅客？"她微笑着说。

"是的。"克拉拉惊讶地大笑道，"你是怎么知道的？"

"我们收到了一封电报，"莫妮克修女说，"是一个上尉发来的。"

克拉拉脸红了："亨利·德·博谢纳上尉？"

"应该是的，我没看。但院长嬷嬷说了，你们一到，就直接带你们去见她。"

带着一丝困惑，旅客们跟着莫妮克修女走出厨房，沿着通道走到另一扇门前，然后进入了一个舒适的会客室，在里面可以把果园景色尽收眼底。一个高大庄重的女人起身迎接他们，她穿着和莫妮克修女一样的灰色长袍，谨慎地用英语介绍自己叫朱利安娜修女，并问他们有什么是她可以帮忙的。

本和洛蒂便告诉了她他们的计划，院长嬷嬷认真地听着。当他们说完后，她双手合十，仿佛在祈祷，然后若有所思地看着他们。她是个善良的女人，并以直言不讳、敢说真话而闻名。

“这并非易事，”她说，“在经历了这样的战争之后，要找到一个失踪了这么久的人……这几乎是不可能的。但你们肯定也清楚这一点。因此以下是我能为你们做的。在布伊索有一个教会，与我们关系密切。莫妮克修女星期六去集市的时候，有时会住在那里。我会写封信让你们带给他们。在你们搜寻期间，可以住在那里，他们会帮助你们的。”

“谢谢您。”本虽语气平静，但心却怦怦直跳，“我们马上就走。我们要如何……从这里要怎么去布伊索？”

“圣马修火车站离这里有四公里。莫妮克修女可以用小马车送你们去。你们可以把船放在码头，那里很安全。你们都要去吗？”

“那些小狗，”克拉拉说，“需要有人看着它们，洛蒂……”

“绝对不行。”洛蒂说，“我要和本一起去。”

“最好是和一个大人一起去。”院长嬷嬷说，“布伊索，那整片地方——它已经遭受了很多苦难。”

“我需要洛蒂，”本说，“如果我们不在一起肯定不行。”

他和洛蒂走得更近了，直到他们肩并肩站在一起，面对着这两个女人。克拉拉和院长嬷嬷看着他们，她们有一种和亨利在雀鹰号上看着他们时同样的感觉——他们就是一支小而凶猛的战斗部队。

过了一个小时，在匆匆吃完午餐之后，洛蒂、本和费德里科动身前往火车站。克拉拉留下来照看雀鹰号和小狗。

火车驶出车站时，本想，真奇怪，在他们经历了这么多事情之后，这段旅程的最后阶段竟然如此简单。坐火车的时候，他把从莫妮克修女那里借来的一张当地地图铺在膝盖上，反复比画着从布伊索到河边的路线。他的呼吸短促而痛苦。三英里，从布伊索车站再走大约一个小时，他就会看到内森生前所待的最后一个地方，他就会跟与内森同住的农夫说话，他就会问起轰炸中的幸存者到底被带去了哪里，也许，也许，明天他们就能找到萨姆。

他尽量不去想炸弹落下的地方附近会是什么样子。

洛蒂坐在他身边，把费德里科放在她的腿上。她听着本费劲的呼吸声，看着他在地图上比画，心想："老天，求求你，求求你，让我们成功吧。"

他们下火车时已经是下午三点左右了。正如院长嬷嬷所提醒他们的那样，布伊索饱受战争的摧残。车站很脏，站台在遭受炮击后仍在重建中。在主广场上，曾经的房屋所在地只剩下残垣断壁，有几家商店被木板封了起来，上面贴着“出售”的标签。但在西南角，洛蒂瞥见了一个咖啡馆的露台……那是她曾经和父母一起在前往阿尔芒德路上坐下来喝菠萝汁的地方吗？

她想起了在加来时，她和本休息的梧桐树荫下的广场；回忆起了爸爸偷偷给她买的蛋糕，她想知道果汁是否还是原来的味道。

菠萝汁还会有那么甜吗？

洛蒂很想知道，但她也很害怕……不过好在本并不想逗留，而她也是为他而来。他们甚至没有在教会停下来放好背包，而是立即照着地图朝河边走去。

第二十八章

在内森众多家书中，有一封描述了他的住所。本把它保存得非常完好，对里面的内容几乎已经烂熟于心。

这里的生活非常艰难，离前线太近，枪声四起，夜空被炮火照亮。说实话，这听起来就像地狱。我很同情那些被卷入其中的可怜人，见过你哥哥之后我更是深有体会。但我住的农舍就像一个天堂。我指的不是你在书中看到的那种天堂，有天使和竖琴之类的东西，而是一个安静的人间天堂，有在树林中咕咕叫的斑鸠，有一盆盆红色的天竺葵，屋顶上还有一个狐狸形状的风向标。它叫作“Chez Thibault”，意思是蒂博的家。它是由现在的蒂博的曾祖父所建造的，已经有近两百年的历史了……

洛蒂和本离开布伊索，踏上了一条乡间田埂。他们走了差不多两英里，穿过了平缓的农田，他们注意到周围的农田里零星分布着池塘和水坑，它们倒映着天空，让这一片地方亮堂堂的。

“真美。”洛蒂说，“但为什么会有这么多水？”

“炮弹坑。”本咽了一下口水，“而且也没有树。”

“哦，”洛蒂喃喃地说，“我明白了。”

他们继续前行，脚步坚定，目视前方，但忧虑却不断增长。离开布伊索大约四十五分钟后，他们来到一条小路，那里有一个小牌子，指示他们拐个弯就到了蒂博的房子。

“我们到了，”洛蒂轻轻地说，“内森住的地方。”

“是的。”本的声音小得几乎听不见。

内森住过的地方，与内森同住过的农夫……

他们还没到达农舍，就知道情况肯定会很糟糕。“有在树林中咕咕叫的斑鸠”，内森是这么写的——但树林被炸得支离破碎，所有的鸟儿都无影无踪，农舍也被破坏殆尽。

洛蒂紧紧握住了本的手，他们一起向废墟走去。在一口老井旁，一块金属很突兀地从地面探出来。他们靠近一看，正是那个狐狸形状的风向标。

“它们一定又回来了，”本低声说，“轰炸机。在它们袭击医院之后，在农夫给我写信之后。”

“太遗憾了。”洛蒂低声说，“哦，本，我真的感到很遗憾……”

她能做什么来消除他的悲伤呢？在她父母去世后这么多年来，是什么帮她熬过来的呢？老猫维多利亚女王、还没失联的穆恩……被拥抱、被爱……她看了看本，他的脸色惨白。她应该拥抱他吗？她想抱，但他挺直了肩膀，似乎在暗示他不想被人碰。

“我觉得，”他小心翼翼地说，“我想去内森去世的地方。”

他们走到战地医院的所在地，但那里几乎没有留下任何人——医生、护士、救护车司机、勤务兵、病人，以及在那里生活和死亡的人——存在的痕迹。在被烧毁的小屋残骸中，本发现了一个蓝白相间的茶杯；在野草遍布的炮弹坑里，洛蒂发现了一个烟草罐；在一棵被连根拔起的树留下的洞里，费德里科挖出了一只靴子。

他们继续往河边走。正如亨利所说的那样，他们看到了河水无法通航的原因：在上游几百码处，河岸在轰炸中坍塌了，树木被炸断，横倒在河上，形成了一道无法通过的屏障，至少从目前看来，只能留着任其腐烂。

这里就是他们此行的目的地，本想，不是医院——是这条河，这就是内森去世的地方。可为什么我一点儿都不难过呢？

他很仔细地搜索自己的内心，寻找合适的情绪，但除了极度冰冷的麻木之外，他什么都感觉不到。过了一会儿，他意识到这里已经没什么好找的了，便说他们应该离开了。他们沿着田埂往回走，这时，傍晚的天空倒映在池塘、水坑和沟渠里，它们都被染成了血红色。

在新教公墓的一个孤独的角落里，他们发现了内森的坟墓，他的名字和死亡日期被粗略地刻在一个普通的木质十字架上。本在它面前站了很久，依然感到很麻木，但他逼着自己去回忆。是内森，在本和萨姆第一次见到他时，他带着贝西，戴着他那顶柔软的帽子给本的脚包扎……是内森，给他画了一只知更鸟，教会他读书、写字、驾驶雀鹰号；是内森，爱他和萨姆就像爱自己的儿子一样……慢慢地，回忆强行冲破了他麻木的心。本坐在坟墓上，叹了口气，但他依然没有哭。

洛蒂小心谨慎地和费德里科在远处看着，她觉得自己的心都要碎了。

我真不该提出这样的建议，她想，就是因为我想逃跑，我想到法国来，要是我能多考虑一下就好了。我真不该让他经历这些。

终于，本转身离开了坟墓。

“我们回雀鹰号去吧。”洛蒂小声说，“回去找克拉拉、埃尔西和小狗。”

但本却紧紧咬住牙关，她从未见过他这副模样。他板起面孔，流露出强烈的、顽固的决心。

“我们不会回去的。”他说，“农夫不在了并不能改变什么，还有其他人可以告诉我们幸存者被送到了哪家医院。还是原来的计划，我们在教会过夜，然后明天去医院，看看萨姆是否在那里。如果他不在的话，我们再要求查看他们的记录，看看他是否曾经在那里待过。我们也会询问每个人，问每个人是否见过萨姆。我们会给他们看他的照片，就像你说的那样，在有人认出他之前，我们绝不离开。”

“本……”

“别告诉我，我们不会这么做。我知道我们能做到的，我知道。我们会找到萨姆，我们会找到他，因为我们必须这么做。我不能像失去内森一样失去他，我不能。”

在雀鹰号上，埃尔西坐立不安，在小狗和甲板之间来回走动，又是嗅探又是哀叫。克拉拉试图去安抚它。

“他很快就会回来的。”她抚摸着它，承诺道，“而且他再也不会离开你了，别担心。我向你保证。”

夜幕降临后又过了很久，埃尔西才安定下来。黑色的小狗们冲过去喝奶，把戴尔芬挤到一边。克拉拉把它抱起来，放到离妈妈更近的地方，然后自己准备睡觉。准备完毕之后，她爬上自己的床铺，把额头贴在窗户上，望着外面幽暗的树林和河流。

这看起来就像个童话，克拉拉想。

突然，有那么一瞬间，她愣住了。然后她颤抖地笑了笑，呼出一口气。

她发誓她看到了一张脸，正在透过树林盯着雀鹰号——但那只是月亮在水面上的倒影。

第二十九章

教会的修女们都很善良。但显然，她们和院长嬷嬷一样，都不相信本的搜寻计划会成功，不过她们还是乐于相助。教会负责人玛丽安娜修女告诉他们，爆炸中的幸存者已被送往附近兰维利耶镇的一家民营医院，大约十英里远。厨师安吉拉修女是莫妮克修女的朋友，她给他们做了三明治，还给他们找来了自行车。本和洛蒂一吃完早餐就出发了，留下愤愤不平的费德里科和安吉拉修女待在一起。

这家医院坐落在兰维利耶的郊区，是一座方形的白色现代建筑。本和洛蒂把自行车锁在栏杆上，走了进去。洛蒂向一个满脸倦意的接待员说明了他们前来的目的。接待员对他们的请求并没有感到惊讶或难过，只是把他们领到了一间专门为他们这样的人准备的房间。

他们走进房间，心顿时一沉。虽然他们来得很早，但里面已经挤满了人。门边办公桌前，一个面容严肃的女人给了他们一张有编号的票，并让他们等候叫号，然后去见正式的记录管理员。

“为什么这里有这么多人？”洛蒂问。

这个面容严肃的女人怜悯地看着她。“即使现在，战后过了这么久，半个法国还都在寻找失踪的亲人。”她说，然后又补充道，“而你却在找一个英国人！”仿佛英国人出了名的难找似的。

房间里所有的椅子都坐满了人。他们甩下背包，在地上找个地方坐下来等。洛蒂偷偷地看了本一眼，却惊讶地发现他在发抖。

“也许不会那么久的。”她说着，伸手去挽住他的一只胳膊。

“不是等待的问题，”他低声说，“而是……终于到了这里……”

“很快我们就会知道了。”洛蒂说，“是啊，这确实很令人害怕。”

本叹了口气，把头靠在洛蒂肩上一会儿，然后强打起精神，伸手从背包里拿出装了萨姆照片的信封。

“拿着它。”他说着，把它递给洛蒂，“我们没必要两个人都等着，你的法语比我的好，去问问别人有没有见过他吧。”

洛蒂接过照片，仔细端详。

这是一张正式的照片，是萨姆离开前在照相馆拍摄的。他穿着制服，而不是平常穿的船夫针织衫，浓密的卷发被剪短了，但脸上还是熟悉的似笑非笑的表情，他眯着眼睛，面颊上露出一个酒窝。摄影师让他严肃点，但照片上的脸似乎在说："太好笑了！"孤儿院的监护人可以不费吹灰之力就认出这个他们眼中的问题男孩。他仿佛想让本和内森记住他一直以来的样子，而不是他即将成为的模样。

"我喜欢他。"洛蒂说。

本嘴角一颤："我也是。"

"我保证，"洛蒂说，"我一定会帮你问出这里有没有人记得萨姆的！"

她抱了抱他，便匆匆走出了房间。

本等待着。

房间的后面有两扇门。当号码被叫到时，人们就起身穿过这两扇门。这里有各种各样的人：有盛装出席的老农夫，有穿着深色丝绸的女人，有拄着拐杖的年轻人。

他们出去时都一脸紧张，回来时没有一个人面带笑容。

洛蒂从医院的服务门外开始。她看着搬运工从卡车上卸下箱子，感到紧张不安。这很奇怪，一点儿也不像她。她想起了昨天在河边内森的坟墓旁时，本那冷酷严肃的表情。她太想让这种表情消失了。

"麻烦看一下！"当其中一个搬运工停下来抽烟时，她用法语问道，"您有见过这个人吗？"

这已经不是搬运工第一次被这样问到这个问题了。这是一张他从未见过的脸，但他还是拿起照片仔细打量，并叫来他的同事，也给他们看了看。然后，像往常一样，他把照片递了回去，悲伤地摇了摇头。

“对不起，没有。”

护士、厨房员工、医生、护理员、清洁工、救护车司机，甚至是病人。洛蒂走到大门口，把照片给每一个经过的人看。

大多时候她得到的是茫然的表情，有时是悲伤的摇头，有一次是一个拥抱。

但是没有人认出照片中的脸。

一上午过去了。洛蒂进来接替本，让他到外面去伸个懒腰，上个厕所。回来后他吃了三明治。他闭上眼睛，发现只要他非常努力地专注于自己的呼吸，就能让心跳慢下来，假装自己不在这里。吸气，吐气，吸气，吐气。他睁开眼睛，看到午后的阳光在地板上投下长长的影子，不禁想到了雀鹰号。

洛蒂从外面走了进来，看上去疲惫不堪。现在大部分椅子都空着，但本还是坐在地上。洛蒂在他身边重重地坐了下来。

“没有收获？”他无力地问。

“没有。”

四点钟到了，五点钟办公室就关门了。他们开始对被叫到号失去了希望，但随后……

“六十三号！”

他们一跃而起，心都提到了嗓子眼儿。

轮到他们了。

“在医院可不好待，”在他们离开教会时，安吉拉修女曾告诉他们，“你们会看到战争给人带来的影响。”

洛蒂回答说：“但我们已经看到了，每时每刻，无处不在。从战场上回来的肢体残缺的军人，失去一只眼睛的亨利。我们还看到了被摧毁的村庄、农舍和有成千上万座坟墓的公墓。”

“医院里的情况会更糟糕。”安吉拉修女说。

记录员办公室对面的病房门敞开着，以便通风。最后，记录员不得不重复了两次，本和洛蒂才听到他说的话。

之后，他们走出了医院。在那个炎热而静谧的午后，他们紧紧握住彼此的手。萨姆不在医院，登记簿上也没有他的记录，但这不是他们紧紧相握的理由。

安吉拉修女说得对。

他们在那间病房里所看到的，比他们以往看到的要糟糕得多。

第三十章

艾伯特正在加来询问海关关员让·勒帕热。

让·勒帕热有看到雀鹰号经过吗？他看到了！艾伯特松了口气。雀鹰号去了哪儿呢？答案非常重要。船上有两个逃亡的孩子，女孩的舅舅在找她，男孩是个没有家人的孤儿。

让·勒帕热发现自己陷入了两难的境地。

一方面，他听说了在加来流传的关于本和洛蒂的故事。如果那个男孩的哥哥仍有一丝丝生还的机会，他绝对不会去妨碍他们的搜寻。他自己的侄子在凡尔登战役中失踪了，他的姐姐花了几个月的时间在医院里寻找他。此外，他还记得说到生小狗时那个女孩脸上的表情；那种惊喜的表情，让·勒帕热一直无法忘怀。

另一方面，没有人敢对警察撒谎。

让·勒帕热妥协了。

"去美丽的锁旅馆问问看，"他说，"那里的女房东或许能帮上忙。"

鲁瓦埃夫人就没有这样的顾虑。而且亨利在离开前留下了详细的指示，告诉她如果有人来找雀鹰号时应该怎么回答，并答应了给她报酬。

“他们去巴黎了。”她坚定地说，并把上尉的地址告诉了艾伯特。

艾伯特还有最后一个问题，是关于在他离开英国之后一直困扰着他的一些事。

“告诉我，”他说，“和孩子们一起的，是不是还有狗？”

鲁瓦埃夫人翻了个白眼。这是她心头的一个话题。

“好多只狗！”她叹息道，“小狗！”

“小狗？”

“五只！”她告诉他，“四只像妈妈一样黑，第五只是只太妃糖色的小幼仔，耳朵跟它丑陋的父亲一样。就是它整夜哭闹。”

所以马拉奇·坎贝尔的吉娃娃到法国来了，艾伯特想。

“谢谢你，夫人。”他说。

他动身去车站，乘坐前往巴黎的火车。他一走，鲁瓦埃夫人就给上尉打电话，提醒他警察来了。

亨利又给修道院发了一封电报，这次是写给克拉拉的。他希望她还在那里，希望这能有所帮助，最重要的是，希望她会对他感到满意。

莫妮克修女把亨利的电报拿到雀鹰号上，饶有兴趣地注意到克拉拉在看电报时脸都红了。

艾伯特·斯金纳警官到了旅馆……鲁瓦埃听从了我的指示，告诉他你们在巴黎……我会转移他的注意力，并通知你们他未来的行动……如需进一步的帮助，请告诉我……

“我该怎么办？”克拉拉问道。

“关于什么？”莫妮克修女不露声色地问。

“当然是关于那个警察。”

“上尉告诉你，他会转移他的注意力的。就算警察找上门来，情况真有那么糟吗？”

是的，克拉拉黯然地想，太糟糕了。而且法律早晚会找上门来的，不是吗？现在会发生什么呢？万一本发现萨姆活得好好的，他会和他哥哥一起生活，但万一他没有找到萨姆呢？克拉拉第一次意识到，在她追逐雀鹰号的过程中，除了保护本和洛蒂的安全之外，她就没有其他计划了，实际上她已经让他们陷入更糟糕的境地了。在她协助本和洛蒂逃跑之后，还会有人允许她成为本的监护人吗？而她自己会不会触犯了法律呢？她不知道对于本，法律的立场是什么，但她很确定对于她没有把洛蒂还给她舅舅这件事，法律会持否定态度。

她就该在内瑟伯里夫妇从苏格兰回来之前，坚持把洛蒂带回家的；她就该把她带到圣维妮弗雷德学院，恳请她们不要对她的舅舅说起此事……休伯特必然会大发雷霆。克拉拉只见过他一次，那是在面试洛蒂的家教一职的时候，但她对他的为人有一定的了解。突然间，她为洛蒂感到害怕。

唉，要是一切能重来就好了！但克拉拉也知道，无论她说什么都不能阻止本和洛蒂。而且，如果她出卖了他们，他们永远都不会原谅她的。

莫妮卡修女问了她一个问题。

“你相信这个上尉吗？”

克拉拉想了想亨利在旅馆对他们的鼎力相助，以及在最后他对她表现出的羞涩。在不知不觉中，她用拇指轻轻抚摸起了电报。她知道，亨利一定会竭尽全力地让艾伯特远离她的。

之后，谁会知道呢？

“我相信他。”她说。

“那就把你的担忧——当然，祈祷更好——放在孩子们身上吧。”莫妮克修女建议道。

她的目光落在箱子里依偎着埃尔西的小狗身上。

“那只小太妃糖太瘦了。”

“我知道，”克拉拉说，“我一直在帮它进食。但自从本走了之后，戴尔芬一直很不安，它似乎提不起兴趣喝奶。”

“把它带到厨房吧。”莫妮克修女建议说，“我有一些新鲜的羊奶，我们用这个喂它试试。”

当她们向修道院走去时，一个园丁推着一辆手推车朝她们走来。他停下脚步，直起身子让她们过去。克拉拉感到有点震惊。她曾在远处见过他好几次，从他的姿态看以为他是个老人，凑近了才发现他还很年轻。但是从他破旧的衣衫、浓密的胡须，以及沿着太阳穴一直到左脸颊的那道青灰色的疤痕，很难让人猜出他的确切年龄。

“一个失魂落魄的可怜人。”当她们走到他听不到的地方时，莫妮克修女叹了口气说。

“他是谁？他的伤疤是怎么来的？”

“没有人知道，因为他从不说话。他是在早春的时候来的，嬷嬷很怜悯他，给了他一份工作。他住在树林的一间小木屋里。我们叫他摩西[①]，因为他喜欢看河水。”

“可怜的人。”克拉拉说。但当她跟着莫妮克修女穿过果园时，她感觉到园丁的眼睛还在盯着她。她想起了昨晚在雀鹰号上被人盯着的感觉。

---

① 英文为Moses，古希伯来民族领袖摩西，出生后被法老的女儿从水里救出来，取名为Moses，意为“水里的孩子”。——译者注

第三十一章

“我们将去拜访医院和布伊索之间的每一户人家，”本在星期三吃早餐时说，“给他们看萨姆的照片，问他们是否见过他。”

“每一户人家？”洛蒂脸色变得苍白。

“每一户，”本说，“在布伊索也是如此。人是不可能凭空消失的，一定有人见过他。”

从医院出来之后，洛蒂就知道希望渺茫，他们绝对不可能以这种方式找到萨姆的。这是一个大胆的、有挑战性的计划。大人们说得对，这是个不可能的计划，而本拒绝看清这一点。好吧，洛蒂可以理解，她也觉得计划是自己提出的，她应该要负责，所以她会继续支持他，可她已经非常疲倦了。昨天在医院里目睹了一切之后，洛蒂甚至希望萨姆没有幸存下来。要是活着，以那副模样……

她试图把那些画面从脑海中甩开。

想这些是没有用的，一点都没有。

本和洛蒂把费德里科留给莫妮克修女，然后整整一天，他们骑着自行车穿行于布伊索和河流之间的乡村里，在小路边敲开偏僻小屋和农舍的门，顺着小道寻找在田里干活的工人，沿着小径去拜访猎场看守人和伐木工人……

“很抱歉打扰您，小姐，您见过这个人吗？”

“先生，我在找一个英国士兵……”

人们哭泣，人们叹息。人们当着他们的面关上了门，人们邀请他们进自己的家里。在蛋糕和石榴汁边，他们向洛蒂和本展示自己的照片，讲述自己的故事，但没有人记得萨姆。

快傍晚时，他们回到了布伊索。本想继续在镇上寻找，但洛蒂无力继续下去了。

“我很抱歉，本。”她说，“我太累了。”

本感到很生气，洛蒂觉得很抱歉。但一整天下来，随着那些关于战争的悲伤故事不断累积，她的思绪不断回到星期一他们下火车时，她所瞥见的在主广场西南角的咖啡馆。

她很渴望能坐在那儿静下心回忆，看看自己是否有勇气去做她来法国要做的事。

她离开本，骑车向镇中心驶去。到达主广场后，她停下来，把自行车推到西南角的咖啡馆。

傍晚的阳光依然很温暖，外面的露台上坐满了人。洛蒂慢悠悠地走着，突然有点儿不好意思起来，但仍扶着她的自行车。

“需要点什么吗？”一个年长的服务员从咖啡馆里走出

来，冲着她大声问道。

“我就随便看看。”她结结巴巴地说。

他怀疑地注视着她。洛蒂从咖啡馆的玻璃窗上看到她的倒影，顿时明白了。她的旧短裤和针织衫是从巴顿莱西的杂物堆里扯出来的，不仅被英吉利海峡的海盐弄得硬邦邦的，而且被雀鹰号的油污搞得脏兮兮的，在骑了一整天的自行车后还积了厚厚一层灰。在水上生活了一个星期后，她的脸晒得像水手一样黝黑。自从离开旅馆后，她再也没有好好洗过澡。她看上去就像个流浪儿，休伯特舅舅和薇拉舅妈一定会大惊失色的。

这个想法让洛蒂有一种报复般的满足感。

“有菠萝汁吗？”她问服务员。

“战后就没有了。”他确定地说。

“那就石榴汁吧。我有钱，我能付得起。”

“也没有石榴汁。”

每家咖啡馆都会有石榴汁，这是你能点的最基本的东西之一，但洛蒂没有争辩。这个服务员并不想让她待在这里，而她甚至也不确定这是不是她和父母曾来过的那家咖啡馆。它看起来很相似，但也可能只是她的记忆在作怪。它肯定已经不是以前的感觉了。

可是后来，当她睡着的时候，她又在梦中清晰地看到了那天的情景——妈妈穿着白裙子坐在阳光下，爸爸戴着草帽，甚至还有那杯菠萝汁。但随后杯子爆炸了，变成了一架烧焦的飞机的残骸。洛蒂在凌晨哭着醒来，再也没有睡着了。

“先生，很抱歉打扰您，这是我朋友哥哥的照片……”

“那是什么，姑娘？把它拿过来，我看不见，我的眼睛已经大不如前了……”

整个星期四，洛蒂和本都在布伊索的街道上挨家挨户地敲门。这次他们选择牵着费德里科步行。本固执地满怀希望，洛蒂暗地里心生绝望。到了傍晚，照片烂得一塌糊涂。经手多次之后，它已经变得很薄，表面的光泽也被陌生人的手指摸得暗淡无光。在一个视力不好的老人笨拙地看完之后，它就碎裂了。回到教会，本试图修复它，但胶水让它更加惨不忍睹。萨姆的脸裂成了两半，完全无法辨认。

“你还是可以看出是他，”本坚持说，“我就可以看出是他。我们可以描述他的样子。”

但现在洛蒂、安吉拉修女和玛丽安娜修女都说：“够了。”

本把双臂曲起放在桌子上，埋着头，闭上眼睛，一动不动。他知道现在已经没有希望了，克拉拉、亨利和院长嬷嬷都是对的。

星期五一早，他们告别了教会的修女，搭上回修道院的火车，并肩坐在空荡荡的车厢里。本的痛苦就像一片即将爆炸的云雨一样笼罩着他们。洛蒂无望地想：“唉，我们该怎么办呢？”

玛丽安娜修女提前发了电报，克拉拉和莫妮克修女坐着修道院的马车去圣马修车站接他们。当克拉拉要去拥抱本的时候，他缩了回去。她看向洛蒂，洛蒂只是摇了摇头。

“我很害怕他要崩溃了。”洛蒂小声说。

到了修道院，本径直走向雀鹰号，爬进内森的工作室里，跪在埃尔西的箱子旁。

“我们没有找到他，埃尔西。我很抱歉。我们没有找到他。”

埃尔西轻轻地推开它的小狗，从箱子里爬出来，坐在他的腿上。本搂着它，最后，默默地哭了起来。

克拉拉和洛蒂与费德里科一起坐在船顶上，她们理解他需要隐私，但也想陪在他身边。

“艾伯特在巴黎。”克拉拉低声说，“上尉在星期二发来了一封电报。”

“艾伯特！”洛蒂的心跳停了一拍，然后她皱起眉头，感到不解，“他在巴黎做什么？”

“我也不是很明白。”克拉拉承认道，“我想是亨利和鲁瓦埃夫人安排的。他在电报中说他正试图转移艾伯特的注意力，但洛蒂，我认为我们确实该回去了，而且越快越好，真的——最好是一大早。我们把小狗留在这里，把雀鹰号开到船坞，然后坐火车回英国，我会向你舅舅解释的……”

“噢，别提我舅舅了！”洛蒂用手捂住耳朵，“听到就难受。”

“亲爱的，我知道你不想回去，我能理解。但我保证，等我们回到英国，我会尽我所能帮助你的……”

“你想收养本，”洛蒂责备地说，“而不只是帮助他。当你在加来找到我们时说过的。”

“我……洛蒂，这段时间你一直在生我的气吗？”

“有一点。”洛蒂坦白道，“大多数时候我还是在想本的事，还有……但是，没错，这确实很伤人，克拉拉。”

“噢，亲爱的，可是你都已经有家人了，我怎么能收养你呢？不过我向你保证，我会去学校看你的，我也会照顾好费德里科。你不会再孤单一人了，我发誓。”

洛蒂看到克拉拉很难过，亲了她一下，但随后又拉开了距离，说：“这还不够，对我来说不够。我想从生活中得到的远不止这些。”

“洛蒂……”

“让我们现在就安静地坐着吧，克拉拉。我们别谈明天的事了。我们只想本的事吧。”

在那一刻，似乎一切都失去了意义。

但他们又一次低估了这些狗。

第三十二章

修道院的母鸡们都过得很快乐。

晚上，它们安稳地睡在舒适的鸡舍里，地上铺着沙子，还有大量的架子供它们栖息。白天，它们自由自在地闲逛，选择它们喜欢的地方下蛋。一只叫波莱特的矮脚鸡喜欢在草药园下蛋；它的妈妈宝琳曾在小教堂的祭坛上下过蛋；帕林卡是一只年轻无畏的赤褐色母鸡，它喜欢飞到高高的苹果树上下蛋。

园丁摩西已经习惯了在工作时发现鸡蛋，他也喜欢去找鸡蛋。在这个过程中，他还会注意到别的东西，比如毛毛虫和蝴蝶、被松鼠丢弃的坚果、苔藓里长出的小红花。他忘记了园林工作和鸡蛋，沉浸在这些宝藏之中。在这种时候，他常常面带微笑，左脸颊上会露出一个酒窝来。

摩西隐约听到了马车回来的声音，但他正在远处的果园尽头耙一条小路，他发现一条蝰蛇在墙上的凹槽处晒太阳。他放下手中的耙子去观察。这条蝰蛇是棕色和绿色的，优雅地盘成一圈，非常漂亮。摩西放慢了呼吸，以配合它的起伏。他听到远处某个地方有狗叫，但他没有理会。

他的思绪已经飘远了。

在他周围的草地上，母鸡正在刨地。

费德里科感到很无聊。它恨透了布伊索，不仅要和修女们待在一起，在人行道上散步还要被牵着走。回到雀鹰号后，它渴望和洛蒂一起奔跑，去探索森林，就像他们以前在巴顿莱西时那样。可洛蒂却和克拉拉安静地坐在那儿，闷闷不乐的，而且还命令它也坐下。

它服从了，但这不是狗该有的生活。与此同时，在果园的墙上，母鸡帕林卡走进了敞开的门……

这只莽撞的家伙，它就站在那里，腼腆地把头歪到一边，仿佛是在邀请费德里科去追赶它……

这对任何一只吉娃娃来说都是难以招架的，更何况是一只饱受折磨的吉娃娃。

费德里科没有犹豫。雀鹰号的船顶很高，但与埃姆林船闸相比，这一跳根本不算什么。它把腿收到身下，从雀鹰号船顶纵身一跃，跳到码头上。落地时它晃了一下，重新稳住自己后，它一边疯狂地吠叫着一边追了上去。

帕林卡大声尖叫着，飞奔回了果园，飞到了最近的一棵树上。费德里科绕着树干转来转去，兴奋得直叫。洛蒂跑在它身后，大声呼唤着让它回来。眼看着她快要追上它了……她的手刚要抓住它的项圈，另一只母鸡出现了，接着又是一只……果园尽头竟然还有一大群母鸡！费德里科打了个滚，扭动着身体，然后撒腿就跑，只留下一个太妃糖色的模糊身影，两只蝙蝠大耳在空中飘荡。

莫妮克修女出现在厨房门口，后面跟着一个年轻的修女维罗尼克，然后是院长嬷嬷。摩西看到费德里科向他冲来，大喊了起来，声音含糊不清，难以辨别，但很大声。

在雀鹰号上，埃尔西竖起了耳朵。

费德里科对危险视而不见，一路狂奔。这就是生活！它快乐的叫声似乎在说道。这就是它活着的意义！这……

嗷！

摩西的这一击让费德里科猝不及防。他打得并不重——只是为了让费德里科偏移方向，而不是伤害它——而且只碰到了它的肩膀，但这足以让它滚入高高的草丛中。费德里科头昏眼花、摇摇晃晃地站了起来。摩西挥舞起他的耙子。

费德里科做好了战斗准备。

它听到身后有人的声音，洛蒂在跑，后面跟着克拉拉和维罗尼克修女。把它围住的是一个凶狠的园丁，他拿着一根棍子，后面跟着六只胖母鸡……

而现在，还有别的东西……

更多的狗叫声，熟悉的爪子嗒嗒声……

一道黑色的身影从它身边掠过，直奔摩西……

耙子被举起，向上，向后，瞄准了埃尔西。费德里科正准备跳起来保护它，但为时已晚……

埃尔西已经腾空而起。

这只黑白相间的狗撞了摩西一个满怀。他踉跄着倒下，满眼的星星。狗叫声、陌生人的喊叫声……还有哭声。他以前听过这个声音，在某个地方……

哪里呢？

热气扑在他的脸上，粗糙的舌头舔着他的脸颊，一声呜咽传入他的耳朵……

他把手伸进了厚厚的皮毛里。

在他飘忽的思绪中，有什么东西一闪而过。

他睁开眼睛。两只金色的大眼睛也在望着他。

他认得这双眼睛。从它还是只小狗的时候，他就认得它们了。

“你好啊，埃尔西。”他说。

然后一个男孩向他跑来。这个男孩子又哭又笑地大喊着，猛地扑到摩西和埃尔西身上。男孩、男人和狗躺在草地上抱成一团。然后萨姆说：“你好啊，本。”

第三十三章

本又开始哭了起来，这次不是安静地流泪，而是剧烈地、大声地哭泣。萨姆把他拥在怀里安抚他，他仍然哭啊哭。萨姆也在哭，他用几个月来未曾说话的嗓子沙哑低沉地喊着他的名字，一遍又一遍。埃尔西则紧紧地贴着他们，用鼻子一会儿蹭蹭哥哥，一会儿蹭蹭弟弟。

最后，随着一声颤抖的叹息，本拉开距离，看着他的哥哥，仍然无法相信他所看到的一切。

“你在这儿。”他伸手摸了摸萨姆的伤疤，“疼吗？”

萨姆笑了笑，试图做个鬼脸，被遗忘的记忆再次浮现。“已经不疼了。”

“我等了又等。”本说，“发生了什么？”

“我……不知道。”萨姆小声说。

他看向房子，洛蒂、费德里科、克拉拉、院长嬷嬷和几个修女都聚集在后门边，远远地看着他们重聚。

“走吧。”他说着，站了起来。

“一定要这样吗？”本依依不舍地问。

“我想是的。”萨姆说，“不会太久的。这些修女对我很好，我想……院长嬷嬷可能会帮上忙。”

朱利安娜修女看到这对兄弟朝房子走来，她让其他修女先离开。当他们走近时，她伸出双手做了个欢迎的手势。

“那么，摩西，”她说，“还是应该叫你萨姆，既然你已经回来了？”

“是的，”萨姆的声音颤抖着，“而且我欠你和我弟弟一个解释，尤其是我弟弟。”

院长嬷嬷点了点头，然后干脆利落地让她的客厅摇身变成一个安静、私密的谈话场所。

本拉了拉他哥哥的袖子。

“洛蒂和克拉拉也能来吗？”

“不必了。”克拉拉看到萨姆很累的样子，说，“你们需要点自己的空间。”

“但我想听。”洛蒂生气地低声说，“克拉拉！我们费了这么大劲才找到他！”

“本想怎么样都行。”萨姆喃喃地说。

客厅里，在院长嬷嬷坚毅的目光之下，狗狗们像天使般乖乖地坐在壁炉边的地毯上。洛蒂坐在他们身旁，把费德里科放在她的腿上。朱利安娜修女、克拉拉和萨姆坐在椅子上。本坐在地板上，紧紧靠在哥哥的脚边，仿佛害怕他随时会再消失。

在萨姆结巴、陌生的声音中，他开始把他所记得的故事拼凑起来。

“内森……他不该来的，但见到他真是太好了……他悉心照料我，我们出去散步，就散一会儿，每天多走一点儿，他会瞎紧张……我扶着他，他扶着他的拐杖……特别有趣！然后在事情发生的那天，飞机来的那天……”

萨姆停顿了一下。门开了，莫妮克修女端着一个茶盘走了进来。

“来得正是时候。”院长嬷嬷清脆地说。

在倒好茶，分好杯子之后，萨姆又振作起来接着讲。

“飞机来的那天，我们一直走到了河边，我……哦，这听起来太琐碎了……天气很暖和，我脱下靴子，因为我想玩水，然后内森说……哦，上帝，我真希望我没有这么做……内森说，你会很冷的，我去拿条毯子来……”

看着萨姆努力鼓起勇气，他们都做好心理准备，猜测接下来会发生的事。

“他去拿毯子，然后……呃，就在那时事发了……就在那时飞机来了。我记得的最后一件事就是听到飞机的声音，然后看到内森……看到内森……”

萨姆哭了起来。洛蒂偷偷瞟了本一眼，看到他也在哭，她顿时感到喉咙哽住了。克拉拉也在抹眼泪。

“继续吧。”院长嬷嬷说。

“后来我就不记得了……不是很清楚……就像图片，像照片一样……树木着火了……还有一个满脸是血的护士……地上还有一个大洞……然后我就……我穿上靴子，然后就……走了，沿着河边走……我走了好几天，睡在谷仓里，有时候偷东西吃……偷衣服穿……我一定是在某个时候弄掉了我的军牌……我没有和任何人说话，我只是走啊走，然后当我不得不和人说话时，我发现我说不出话来了……有一个农夫……他一直在问我的名字，而我却不记得了……太奇怪了……”

“我想在英语中，这属于一种叫作炮弹休克症的病。”院长嬷嬷说，“这很奇怪，但很常见。接下来发生了什么？”

“春天，我来到这里。你们是那么亲切，树林和河流是那么可爱……现在想想，可能这让我想起了家乡，想起了雀鹰号，想起了运河……所以我留下来了。”

本从院长嬷嬷的反应中可以看出，她认为萨姆的情况很正常，但本却难以理解，而且不禁感到有点伤心。“但你一定认出了雀鹰号吧？”他问道，“不是吗？”

“是的……不是……我不知道……”他显得很抱歉，“也许有点儿认出来……我看着它……”

“我看到你了，”克拉拉说，“你吓着我了。”

“我很抱歉。”萨姆再次道歉，然后，他不解地问，“雀鹰号是怎么到这儿来的？”

“我们把它从英国开来的。”洛蒂说。

“可这……”

“我知道，”本说，“内森肯定会大发雷霆的。”

“可不是嘛。”笑容慢慢地在萨姆脸上绽放开来。这次是一个真正的笑容了。

本也咧嘴笑了。萨姆终于回到了他原来的样子!

“雀鹰号遭受了重挫。”他说，“它发出可怕的嘎嘎声。我把能想到的地方都检查了一遍，但找不出任何问题。在把它开回家之前，我们得好好检修一下它。可能要送到船坞去才行。”

“我和你一起去看看。”萨姆说，“我已经迫不及待地想再次见到它了。”

“哦，还有，萨姆……埃尔西生了小狗！”

院长嬷嬷微笑着站了起来。

“在这样的时刻，我想有小狗的陪伴可能再合适不过了。”她说，“在你们兴奋之余，如果感到饿了，可以在半小时后到食堂吃午餐。我们吃得很简单，但每个人都会有充足的食物，欢迎加入我们。”

她在门口停了下来。“本，夏洛特……我还记得你们刚来的时候我对你们说过的话，我说你们的搜寻是不可能成功的。看来我错了。干得漂亮！”

院长嬷嬷又笑了笑，然后离开了。萨姆用胳膊搂住本的肩膀。

“走吧，弟弟，我们去看看那些狗，还有雀鹰号！告诉我，那只翠鸟还在我的床铺上方吗？这个我可记得很清楚呢！”

兄弟俩跟着院长嬷嬷走出了房间。洛蒂深深地呼了一口气。

我的床铺，萨姆刚刚说。好吧，当然了。他的床铺，不是她的。

“我们去帮莫妮克修女准备午餐吧。”克拉拉说，“给本和萨姆一些空间。”

“现在不行。”洛蒂说，“我有件事要做。”

第三十四章

洛蒂跟着本和萨姆朝河边走去。他们兄弟俩正聊得火热。从本的手势，洛蒂可以看出他正说到横渡英吉利海峡的事。

他并没有回头看看洛蒂是否在跟着。她很失落，但又有几分高兴。

这让她能更容易去做决定。

在雀鹰号上，她和费德里科静静地坐在前甲板，而萨姆和本则在里面围着小狗团团转。她听着萨姆在船舱里走来走去，谈话中不时夹杂着“我都忘记了”和“我还记得”的话。

本笑个不停，洛蒂也很开心。

大约十五分钟后，本出来找她。

“我们要上去吃午餐了，你来吗？”

“等会儿就来，我想在这里坐一会儿。”

他看着她，皱起了眉头：“你在担心你舅舅的事。”

“绝对没有。”洛蒂说，“我只是想安静一会儿，今天可真是太令人兴奋了。你先走吧！我马上就来找你们。”

她看着本穿过内森的工作室，她从未见过他的步伐如此欢快轻盈。

“本！”就在他正要打开船舱门时，她大喊了一声。

他停下来，转过身：“怎么了？”

“我很高兴我们做过朋友。”

本笑了笑，然后离开了。

直到本站在修道院的饭桌前，听着院长嬷嬷做祷告，他才意识到洛蒂在临别时说的那句话很奇怪。

我很高兴我们做过朋友，洛蒂刚刚说。

不是“做”朋友。

“做过。”

这是什么意思？还有，她为什么没来这里？

他们坐下来吃饭，洛蒂没有出现。

“她去哪儿了？”克拉拉问。

“她说她想安静一会儿。”

克拉拉看上去忧心忡忡：“这可不像洛蒂呢。”

是啊，本想，的确如此。

突然间，他有一种很不好的预感。他把他的盘子往前一推。

“我这就去看看她有没有事。”

他一踏上雀鹰号，就知道事情不对劲儿了。洛蒂不在前甲板上，他离开时敞着的船舱门也关上了。他把门推开，埃尔西呜呜叫起来，然后一下子从他身边蹿过，跑到后甲板上，对着果园门外通往树林的小路开始狂吠。

本走进船舱。

乍一看，雀鹰号似乎和他刚才离开时一模一样。他未收拾的包就躺在床上。折叠桌上放着一个只有半杯水的水杯，旁边是一本克拉拉一直在看的《远大前程》。但好像少了些什么……

“噢，不。”

洛蒂的床整整齐齐，枕头鼓鼓的，毯子也叠得平平整整。

但是她妈妈那条柔软的蓝色蝴蝶披肩——从她搬进来的那天起就一直铺在床上的披肩——却不见了。本打开床脚洛蒂放衣服的抽屉，他已猜到里面会空无一物。

埃尔西仍在后甲板上，朝着树林吠叫。本很清楚它在向他传达什么。

本以前所未有的速度一头冲进了树林。他一边跑一边怒火中烧，先是气洛蒂没有解释就离开了，然后又气自己之前没能理解她的告别。

“我很高兴我们做过朋友。”

可是为什么呢？

几分钟后，他在树林里发现了洛蒂。她背着背包坚定地沿着小路走着，费德里科跟在她身旁。他喊她的名字，她停了下来。本的肺在燃烧，但他继续跑，直到跑到她身边。

“你在做什么？”洛蒂看起来很不高兴，“我不想让你跟着我。”

“我在做什么？”他气喘吁吁地说，“那你呢？”

她抬起下巴：“我要去找我的祖母。”

本大惑不解：“我都不知道你还有祖母！”

“我有啊。”洛蒂平静地说，“她住在一个叫阿尔芒德的小镇上，我正要去车站坐火车去那里。”

“可是……”本坐在一个树桩上，困惑得站不起身来，“你为什么不早说？”

“呃，在我们从布伊索回来之前，我自己也不确定。”洛蒂坦白道，“我只是逐渐萌生了这个念头。你瞧，在我父母去世后不久，她就不再给我写信了……”

“为什么？”

“不知道。”洛蒂说，“但今天早些时候，克拉拉说了一些让我深思的话。在找到祖母之前，我是不会回家的。直到我确定了为止。”

“可你为什么之前什么都不说呢？”本突然产生一种难以抑制的想哭的冲动，“你甚至连再见都没说！”

洛蒂看起来有点羞愧：“弗兰克也没有说再见。”

“至少弗兰克还留了张便条！”

洛蒂咬着嘴唇：“好吧，你现在有萨姆了……”

“所以你以为我不再需要你了！”本满面怒容，“你以为我就像你的祖母一样，不再给你写信了，或者像你那可怕的舅舅一样，直接把你……抛弃不管了！”

“不是！”洛蒂一脸惊慌，“不是，我从来没有这么想过！真的没有。只是，你们都想回家，克拉拉也认为我该回去了，而且……”

可本已经彻底爆发了。

“哼，我可不像你舅舅！”他大喊道，气得浑身发抖，“你以为在你为我做了这么多事之后，我会让你独自离开吗？我会让你去找那个可怕的老女人，那个在你最需要她的时候却不再给你写信的人？我们现在就回雀鹰号，然后我和萨姆去修理它，然后我们再开着雀鹰号带你过去，因为这儿才是你的归宿，如果你祖母对你不好，我就揍她一顿！”

他怒目而视，洛蒂战战兢兢。她笑了起来，然后想说点儿什么，不料却泪如雨下。

“这是不是意味着你不会独自离开了？”本逼问道。

“不！我只是想……唉，算了吧。我想我已经习惯了被别人抛弃不管了，就像你说的那样……而且我也习惯了独自做事……但是，本，谢谢你！我太害怕了，你懂的，害怕穆恩不想见我，害怕她会把我赶走或把我送回大巴顿。如果你和我一起的话，我就不会那么担心了。”

本再一次忍住了想哭的冲动，这次是因为松了一口气，他说：“我们去问问修女们有没有多余的床垫之类的，我们可以把它放在工作室里。”

“那得多挤呀！”洛蒂说，“十一个成员，而我们一开始时只有四个！”

“我们还需要更多的食物，”本说，“或许修女们可以给我们分一些。我们还得看一下地图……”

他们面带微笑，胸怀计划，一起朝雀鹰号走去。可一到那儿，他们的脸就垮了下来。

克拉拉和萨姆站在码头上，克拉拉拿着一封电报。

“是亨利发来的。”他们走到她身边时，她说道，“艾伯特正在来布伊索的路上。”

洛蒂咽了咽口水。本看着她。她很害怕，她也有理由害怕——在布伊索，几乎每家每户都知道他们的故事。

“我们现在就走。”他说。

“什么？”萨姆说。

“我一会儿再解释。萨姆，拿上你的东西。我们去告别，然后离开。”

“可是雀鹰号……你说过它需要修理了。”

“在我们到达洛蒂祖母家之前，它会没事的。”

克拉拉睁大了眼睛：“洛蒂的……？”

噢，为什么大人们总是有这么多问题？

“我们得走了，”本大喊道，“在艾伯特到达布伊索和发现我们在这里之前！”

克拉拉和萨姆交换了一下眼色。

雀鹰号在一小时后离开了修道院，修女们向他们挥手告别。

因为小狗戴尔芬很爱莫妮克修女，而且现在也只能喝羊奶，所以他们把戴尔芬留了下来，以示感谢。

第五部分

第三十五章

自从雀鹰号离开之后，修道院的访客络绎不绝。

它走后的第二天早上，首先来的是一个脾气暴躁的英国人，光秃秃的脑袋上戴着一顶鸭舌帽，身上穿着一件有补丁的旧夹克。他开着一艘在比利时注册的小汽艇来到河边，他不会说法语。修女们带他去见院长嬷嬷，她私下跟他交谈，然后维罗尼克修女陪他回到河边，并跟他挥手告别。

几个小时后，亨利骑着鲁瓦埃夫人堂弟的摩托车轰鸣而来。他连修道院都没进，只是在院子里和一群修女交谈。那些英国的旅客来过了吗？来了？还留下了一只小狗？山羊奶！真是了不起。那他们找到了那个英国男孩的哥哥了吗？一个园丁！这简直是个奇迹。亨利感到难以置信。他们收到他的电报了吗？那她——他们——他们所有人——都回英国了吗？没有？好心的修女们，你们是否知道她——他们——他们所有人——都去了哪儿吗？他说，他必须要找到她。他终于放下了所有伪装，承认这个世界上他最关心的人就是克拉拉。他不能没有她！一得到答案，他就又轰鸣而去了，一群钦佩的人向他挥手告别。

好心的修女们对这两个访客并不防备，因为她们知道他们都是为了旅客们好。

但现在来了个英国警察。

当艾伯特在巴黎拜访亨利时，亨利一直深感歉意，但却完全帮不上忙。他说他记得雀鹰号，当然了——这样一艘奇怪的船，谁会不记得呢？但是自从船离开加来之后，他就再也没见过它了。离开亨利的公寓后，艾伯特在巴黎街头走了很久，一路左思右想。他对雀鹰号在哪里毫无头绪，他问自己为什么它会在法国，是什么驱使本和洛蒂进行这样一次危险的旅行？根据艾伯特的经验，这种极端行为的两个最常见的原因是恐惧和爱。就算不是侦探也能猜到艾伯特的逃犯们所害怕的东西：本害怕他的谎言被识破，而洛蒂（艾伯特表示可以理解）害怕她的舅舅。但为什么是法国？

爱，爱，爱……

“本去找他的哥哥了。”约翰·斯内尔曾说。会不会是这个……

艾伯特给他在大巴顿的同事发了一封电报：

萨姆·兰顿是在哪里失踪的？

两天后，他一收到回信，就动身去了布伊索。雀鹰号刚离开修道院几个小时，他就到了那里。

第二天早上，他步行到被炸毁的医院寻找线索，并像本和洛蒂一样坐在河边。当他凝视着这一片残败景象时，艾伯特想到了他的儿子，他躺在疗养院里，肺部被毒气损害，每晚都在噩梦中尖叫。他的思绪飘到另一条河流，以前他儿子小时候曾在那里划过船。他为失去的一切重重地叹了口气。

回到布伊索，艾伯特依然没有从回忆中缓过神来。他坐在主广场西南角的咖啡馆里，那个拒绝招待洛蒂的服务员给他端来了一杯咖啡。那天是星期六，赶集的日子。艾伯特喝咖啡的时候，他注意到一小群人围着一个拿着篮子的修女。出于好奇，他走近一看……

“都是戴尔芬的错！”回到修道院的厨房，莫妮克修女大声数落道，“还有费德里科和它那双耳朵！它简直太像它爸爸了！现在警察找上了院长嬷嬷，她会把一切都告诉他的。”

“你真不该带戴尔芬去赶集的。”维罗尼克修女埋怨道。

“你知道我一离开它，它哭成什么样吗！它就是个暴君，比拿破仑和我的大姨妈还要可怕。大姨妈让每个人每天吃完午饭后都不得不睡上一会儿，连圣诞节也不例外。还有那个警察，他可聪明了。我以前还觉得英国人不会那么聪明。瞧他是怎么审问我的！‘打扰一下，修女，你是从哪里得到这只小狗的？’——还是用的英语，我不得不请咖啡馆的戈蒂埃先生帮我翻译——而我却不能撒谎！”

莫妮克修女捶打着一坨面团。

“有没有可能，”她好奇地问，“院长嬷嬷会撒谎呢？”

维罗尼克修女只是看着她。

艾伯特离开了修道院，前往圣马修火车站，搭乘去阿尔芒德的火车。没有人向他挥手告别。

火车比窄船快多了，几个小时后艾伯特就到达了阿尔芒德。他在河边的一家旅馆订了一个房间，里面有一扇窗户可以眺望码头，他可以看到窗外所有进出城镇的船只。经过迅速查询后得到证实，雀鹰号还没有到达。艾伯特心满意足地给休伯特发了一封电报，告诉他所了解的情况。

休伯特在得知洛蒂逃学后的愤怒，与他得知她要去阿尔芒德时的愤怒相比，简直不值一提。

他回复了艾伯特的电报。

坚决不能让夏洛特去见她的祖母……祖母……相当危险……我将立即启程……于星期天下午晚些时候抵达

阿尔芒德……重申一遍……禁止夏洛特见她的祖母……

还没到一个小时，休伯特的火车就驶出了大巴顿车站。比赛开始了。

第三十六章

洛蒂很喜欢雀鹰号，可是啊，它为什么这么慢呢？

本根据地图推断，还要一天多一点的时间才能到达阿尔芒德。他们原计划在星期六晚些时候到达的，但现在已经过了星期天的午餐时间了，他们还没有到。洛蒂和费德里科坐在前甲板上，祈祷着船能开快一点。她知道本和萨姆在拼了命地向前开，但这艘小窄船已经倾尽了自己的所有力气。船身的嘎嘎声越来越响，它几乎在以步行的速度爬行。若是航行在平静的运河上，可能会好些，但是他们航行在河流上，旋涡和难以预测的水流不断冲击着他们。今天早上，他们又驶入了一条新的河流，这条河更宽阔更湍急，现在他们还得去应对越来越拥堵的水运，以及更大型船只的尾波。从本和萨姆交换的眼神中，洛蒂能看出他们很担心。他们是这么善良，送她去阿尔芒德……可是，在不远处的某个地方仍有艾伯特，那个从不放弃的警察，在艾伯特身后的某个地方也一定有她的舅舅，而在对这两个人的恐惧之下，是她从未停止过的对穆恩看到她时的反应的恐惧。

单是想到这个洛蒂就已经想吐了。

前甲板的门打开了，克拉拉走出来，手里端着一杯茶。

“喝吧。”她说着，把杯子递给洛蒂，“不要再担心了。”

克拉拉也很善良，做饭、泡茶，绝口不提回英国的事。每个人都这么善良……

可是啊，为什么雀鹰号不能开得更快一点儿呢？

众所周知，前往阿尔芒德的最佳路径是走东边的水路，沿途河流会绕过一个大弯。那里的古桥和哥特式建筑，以及在高高悬崖上的木结构别墅，都把小镇的魅力一展无遗。当然，走沿河陆路也可以欣赏到这般美景。只是从水面上看，风景更加美不胜收。因此，在战后的第一个夏天，一家私营公司开始提供明轮船服务，载着游客在河上来回行驶，并收取观景费用。正是这艘船的尾波给了雀鹰号最后一击。

在离阿尔芒德一英里远的地方，就在河道拐弯处，它快速地超过了雀鹰号。它掀起的尾波虽然不及英吉利海峡上的波浪，但也足以使雀鹰号左右摇晃。现在，雀鹰号船身内部除了有嘎嘎声，还多了一种可怕的吱吱声，船身深处有什么东西正在崩塌。

一旦开始进水，雀鹰号就命不久矣了。所剩的时间只够萨姆把它开到岸边，让成员们跳出来。克拉拉紧紧抓住系船索，而其他人则抢救他们所能抢救的东西——箱子里的小狗、裂开的知更鸟和翠鸟、内森的书、衣服、三个锡制杯子……克拉拉正在奋力让雀鹰号停靠在河岸边，萨姆跳上岸帮助她，而本独自在船舱里东奔西窜，惊慌失措地去抓他能抓到的一切……一盒颜料、一个煎锅、一个枕头、一条毯子……通过船舱门把它们递给甲板上的洛蒂。全程他的大脑不停地在朝他尖叫着，这不可能是真的，这不可能发生的……

“本！洛蒂！”萨姆喊道，“你们必须下船了！必须马上下来！”

最后一次，本和洛蒂从甲板跳到了岸上。然后，随着一声可怕的嘎吱声，心爱的雀鹰号，那个九年来一直给他安全感和爱的地方，那个给他一个家，并载着他和洛蒂勇敢地去寻找萨姆的归宿——雀鹰号，消失在了水下。

在几乎整整一分钟里，埃尔西和费德里科沿着河岸跑来跑去，对着雀鹰号下沉的地方慌乱地吠叫，而他们没有一个人发出一点儿声音。

洛蒂和本浑身湿漉漉、脏兮兮的，鞋子和衣服上还滴着浑浊的河水，他们紧紧地握住了彼此的手。

“都是我的错。”洛蒂终于用哽咽的声音说，“如果不是我这么想来这里，如果不是我这么匆匆忙忙……”

“不，不，不，”本低声说，“是我的错，是我说它可以做到的……”

“谁都没有错。”萨姆喃喃地说，“它只是终止了它一直以来的工作——救人。这也是它做得最出色的事。”

“可怜的雀鹰号，”克拉拉哽咽了一声，“可怜的、勇敢的雀鹰号。”

消失在云层后面的太阳又出来了，水面上波光粼粼。大家的行动都发生了改变，只有费德里科还留在原地，一动不动地看着雀鹰号沉没的地方，似乎在期待着它随时会冲破水面，重新出现。埃尔西离开河岸，回到小狗的身边。萨姆和克拉拉开始收集岸边获救的物品。洛蒂和本松开了彼此，也去帮忙。在适当的时候，他们会完整地哀悼雀鹰号，并考虑下一步的事。可现在，它的损失太惨重了，让人难以承受。他们只能考虑在接下来这一分钟，以及随后的几分钟里应该做什么。

从他们身后的道路上传来隆隆的声音，响亮又刺耳，但他们并没有理会。

洛蒂用微弱的声音说：“或许我的祖母会让我们都和她待在一起。现在离阿尔芒德还有多远？”

本用同样微弱的声音回答：“大约一英里。”

“就算拿上所有东西，我们也能在半小时内走到那儿。”克拉拉松了口气说，但没有人动。

在他们身后，他们听到了脚步声。

“噢，那是什么？”克拉拉喊道。

她转过身，倒吸了一口气。

河岸上方的路边停着一辆摩托车。它的骑手一边解开皮制头盔，一边朝他们走来……

亨利看上去已不如在海峡上第一次见到克拉拉时那么神采奕奕了。从修道院出发后，他的旅途充满了艰辛。摩托车坏了两次，他迷路了三次，还在谷仓里睡了一觉。他精疲力竭，胡子拉碴，满身机油。当他大步走向河边的人群，摘下护目镜和头盔时，他突然感到非常紧张，他不确定大家会不会待见他，不知道此行会不会惹克拉拉不高兴，是不是应该保持距离为好。尽管如此，他还是鼓足勇气，说出了他千里迢迢赶来要说的话。

"请问，克拉拉小姐……我可以帮忙吗？"

在迅速了解完情况后，上尉立刻高效地展开了处理。

"我先去阿尔芒德，派一辆车来接你们和你们的物品。"他宣布道，"应该开去哪里呢？洛蒂，去你的祖母家吗？不，这么多年过去了，一下子冒出这么多人和狗，可能有点儿不妥当。那就去阿尔芒德著名的码头吧。而洛蒂——不，不要争论，我知道你很独立，但从你告诉我的情况来看，时间非常紧——我将单独带你去见你的祖母。"

"骑摩托车吗？"本不禁感到一阵羡慕。

"当然是骑摩托车了。"亨利非常严肃地说，"或许以后如果我还有存在价值的话，我也可以载你到别的地方去。"

他又恢复了先前的紧张，看着克拉拉补充道："克拉拉小姐，这可以接受吗？"

克拉拉点点头，莞尔一笑。即使过了几分钟，在亨利载着洛蒂，开着摩托车前往她祖母家之后，她的微笑依然没有消失。

在阿尔芒德的码头上，艾伯特在等待着。

第三十七章

洛蒂从未坐过摩托车，她的心情太激动了，完全忘记了去体验这种感受。他们开过一座宽阔的石桥，她和爸爸曾偶尔在那里钓鱼；又经过一家茶室，她和妈妈曾偶尔在那里喝下午茶。他们绕开码头，绕开在码头上望着河水的艾伯特，然后进入了城里。他们疾驰过室内市场，爸爸曾在那里偷偷给洛蒂买过一个巧克力泡芙；又绕过主广场的哥特式大教堂，他们曾在那里做过复活节弥撒。每经过一个熟悉的地标，洛蒂就会把亨利抓得更紧一些。在广场的拐角处，亨利拦下一辆出租车，吩咐司机去接其他人，顺便询问了去穆恩家的路，然后摩托车开始往上爬，穿过陡峭的鹅卵石街道，向悬崖顶驶去。洛蒂无法呼吸，只能紧紧抓住亨利，就像抓住救生筏一样。

穆恩的家是一条绿树成荫的街道尽头的最后一栋，房前是一个长满玫瑰的石头庭院，房后是一个阴凉的花园。亨利在路边停了下来，洛蒂爬下了车。她浑身发抖，但这与坐摩托车无关。

这里的一切竟然还在——与她记忆中的一模一样，仿佛什么都没有改变！

“要是她不想见我怎么办？”她小声对亨利说。

“为什么她不想见你？”他回答道。

“可要是她见到我不高兴怎么办？要是她生气了怎么办？要是她把我送回去怎么办？”

“那你也不会比现在更糟糕的，不是吗？”他分析道，“去吧，洛蒂。你已经走到这一步了，现在可不能放弃。这不会比英吉利海峡的那场暴风雨更糟糕的。”

他温柔而坚定地抓住她的肩膀，把她转向房子。

“你说得对。”洛蒂说，“我会速战速决的，趁现在还有勇气。”

“要我跟你一起去吗？”

“不了，没关系的。我自己能行。”

洛蒂深吸一口气，挺起胸膛，不顾自己发软的双腿，快步穿过庭院，敲响了门。亨利在院子门口看着，十指交叉。

一个身穿黑色管家服、面容严厉的中年妇女打开了门。

“有什么需要帮忙吗？”她怀疑地问。

洛蒂的心凉了半截。管家看她的眼神和布伊索咖啡馆的服务员一模一样，仿佛她是一个流浪儿。她在想自己要是能换身衣服就好了，可为时已晚。

唉，现在她对此也无能为力了。她抬起下巴，用她最不屑的声音宣布，她是来找圣雷米夫人的。

“圣雷米夫人在休息。”管家冷冷地回答，“她不想被打扰。”

洛蒂结结巴巴地说：“你介意不介意……能不能请你……你能告诉她，她的孙女来了吗？”

夫人的孙女！哦，原来如此。管家为圣雷米夫人工作并没有多久，夫人的办公桌上确实放了一张她孙女的照片，可这个孩子跟她一点儿也不像。夫人的孙女是个漂亮的小家伙，一头又长又亮的卷发，穿着英国富人喜欢在人前炫耀的那种连衣裙，很讨人喜欢。

夫人的孙女不是流浪儿。

管家谴责战争，是战争把人逼入绝境，让犯罪率飙升。小偷们会千方百计骗走你的钱。就在大门外，她发现了一个戴着一只眼罩不修边幅的人，他显然在沟里睡过，摆明了就是个帮凶。

尽管如此，万一有一线的可能……

“你有证据吗？”管家问。

“证据？”洛蒂磕磕巴巴地说。

“比如护照之类的东西？”

洛蒂感到脸上的血色都消失了。

“我……我没……”她含糊不清地快速说道，“我是说，我是有一本，但……问题是，我当时在一艘船上，然后船沉了，然后就……”

“故事编得不错。”管家说。

“噢，求求你了！”洛蒂哀求道，“有个警察在追我，而且……”

管家当着她的面关上了门。

洛蒂神情恍惚地回到亨利身边，告诉他发生的事。

“我现在该怎么办？”

“你想怎么办？”

“拧住她的脖子，”洛蒂恶狠狠地说，“把门踢飞。或者不停地大喊大叫，直到穆恩醒来。讨厌的疯老太婆！她看我的眼神，简直了！”

“我不知道这管不管用。”亨利上下打量着洛蒂，“但不得不说，如果你出现在我家门口，我想我也不会相信你的故事的。走吧，其他人肯定已经到了。我们去拿你的东西，把你收拾收拾，等你祖母醒了再回来。我们把克拉拉小姐也带上，让她为你作证。”

“可是艾伯特警官……”洛蒂号哭道，她的凶狠劲荡然无存，“我的舅舅……”

“让舅舅和警察都见鬼去吧，”亨利说，“我会保护你的。”

于是，洛蒂又爬回到摩托车上，与亨利一起沿着蜿蜒的道路往回走。他们经过广场和市场，来到了码头。而刚好从出租车下来的是本、萨姆、克拉拉、狗狗们，以及所有从雀鹰号上抢救下来的东西。

亨利把车停在他们旁边。

“怎么样？”克拉拉问。

“有点儿小问题。”亨利说，“我们需要把洛蒂收拾干净。”

洛蒂小声嘀咕着，开始在塞满衣服的背包里东翻西找。有没有哪怕一样东西看起来不像是从杂物堆里扯出来的呢？为什么这个这么重要？她真的要盛装打扮、装模作样给一个管家看吗？这不是她逃跑的目的！隐隐约约地，她听到费德里科在吠叫，埃尔西也加入了它，本也在喊叫……她听到船的发动机隆隆作响，然后安静下来；听到脚步声越来越近，狗的叫声越来越大；听到一个暴躁的声音说：“哎呀，费德里科，哎呀，埃尔西，很高兴再次见到你们。”听到本喘着气放声大笑，最后她抬起头，尖叫起来，因为那是弗兰克，他从比利时回来了。

“正是因为你说的话，查理。”在与洛蒂拥抱，与本握手，与萨姆、亨利和克拉拉一一认识之后，弗兰克解释道，“在看到我弟弟的坟墓后，我开始思考。你看，杰克一直想要一只狗，我也想过支付的问题。我一直觉得我们的交易有点儿欠妥，所以我来找你，而且——”他把夹克衫的内口袋翻了一遍，“——我想我应该把它还回去，并问问你是否可以用其中一只小狗来代替它。”

然后他把自法国大革命以来一直属于泰奥菲勒家族的戒指放进了洛蒂的手中……

因为一个最普通的原因，艾伯特错过了洛蒂、亨利和弗兰克的到来。他一整天都在密切关注着雀鹰号的出现，一动不动，而且他绝对是以冲刺的速度去上的厕所。等他回到窗前时，正好看到洛蒂张开双臂抱着弗兰克。

艾伯特本应该冲出酒店，挥舞着逮捕令，一把抓住洛蒂的。可他却无法动弹，无法把目光从那个脸带伤痕、衣衫褴褛的年轻人身上移开。他把手搭在本的肩膀上，看起来远不止二十岁，但是个活生生的人，不只是活生生，竟然还在微笑着……

那是萨姆·兰顿吗？

而他自己的孩子，他的儿子，会不会有一天也能再次露出那样的微笑呢？

一辆摩托车启动了，打破了他的幻想。艾伯特飞快地瞟了它一眼，然后小声骂了一句。虽然骑手戴着头盔，让人难以辨认，但眼罩是不会错的。所以说，上尉也是其中的一员了？艾伯特意识到在巴黎时上尉把他耍得团团转，不禁懊悔不已。但现在洛蒂爬上了摩托车的后座，艾伯特强打起精神来。

他来法国是因为工作。自从第一次见到洛蒂的舅舅，他命令艾伯特去抓费德里科开始，他就不喜欢休伯特。他的不喜欢随着他们的后续交流而与日俱增。但他的工作不是去喜欢人，而是去维护法律，也就是在这种情况下，他要去确保一个在逃未成年人的安全。

艾伯特跑出酒店，跑过满脸震惊的本和克拉拉，然后跑到路上，叫了一辆经过的出租车，尽管自己的法语很蹩脚，但还是设法命令司机去追赶他们。

他可真走运。亨利载着洛蒂谨慎地开着车，而艾伯特的司机因为艾伯特答应多付小费让他加速，一点儿都不谨慎。就在洛蒂从摩托车后座爬下来时，出租车从玫瑰庭院外呼啸而过。艾伯特朝他的司机塞了一把钞票，跳下了出租车。

第三十八章

短短一瞬间，在洛蒂注意到他之前，艾伯特清楚地看到了洛蒂的脸，她脸上的表情让他大吃一惊。

恐惧，这是显然的，抑或是忧虑，但也有……希望。

强烈的、燃烧的、愤怒的希望。

然后她看到了他，希望消失了，取而代之的是恐惧。

亨利转过身来，狠狠地瞪着他，走上前去保护洛蒂。但艾伯特并没有朝她走去。

而是直勾勾地盯着。

艾伯特盯着，盯着，再盯着。

洛蒂带着不解，离开摩托车，开始朝房子走去。她走到门前，然后停下来，转身看他是否在跟着。

艾伯特继续盯着。

洛蒂挺起胸膛。再次敲响了门。管家打开门，然后想再次关上，但是洛蒂把脚伸进门里阻止了她。艾伯特仍然好奇地看着，然后洛蒂拿出了戒指……

管家皱了皱眉头，但还是拿起它，回到屋里，小心翼翼地关上了门。洛蒂等待着，心跳加速，呼吸困难。在房子门口，亨利和艾伯特站在一起，他们一言不发，只是目不转睛看着。

门开了，一位个子瘦小、年近七十、白发苍苍的女人走了出来。然后传来了一声叫喊——艾伯特知道他永远都不会忘记这声叫喊。

这声叫喊交织着惊讶、怀疑、渴望、喜悦和悲伤，最重要的是，它包含了爱。

白发苍苍的女人张开双臂，洛蒂投入了她怀中。

艾伯特向亨利点了点头，然后离开现场，回到旅馆退完房，搭乘下一趟前往巴黎的火车，再坐船回到英国和他儿子身边。

在休伯特的最后一封电报中，他写道，洛蒂的祖母很危险，但现在艾伯特看到了她，他完全不相信这一点。

洛蒂的祖母对洛蒂的疼爱，是休伯特永远都无法企及的。

如果说战争教会了艾伯特什么，那就是孩子是应该被疼爱的。

“他对我们俩都撒了谎。”

在后花园的一个爬满藤蔓的凉亭里，穆恩和洛蒂手牵着手坐在小露台的柳条沙发上。洛蒂清楚地记得小时候在夏天的午后，她无数次在这个沙发上小睡的情景。面带愧色的管家把一个装满茶和蛋糕的托盘摆在她们面前，但她们都没去动，因为她们都舍不得放开彼此的手。

“我写了又写，”穆恩说，“第一年，每个星期我都像承诺过的那样给你写信，尽管你没有回复。我想也许你太小了，我不应该指望你回信。但最后我写给你舅舅，问他是否出事了，你是否还安好。他回信让我停止给你写信。他说我的信会让你过于思念你的父母，他说你曾告诉过他，你想忘了他们，忘了我……他说我的信会让你非常难过，以至于当你读到这些信的时候，会不由自主地哭起来……”

“可是我从来没有收到过这些信！”洛蒂哭喊道，“我也是每周给你写信。当你的信停止之后，我无法理解。我想你一定不再爱我了。他说你不再爱我了！”

“我怎么可能不爱你呢！”穆恩说，“唉，我早该知道这不是真话，我应该相信你的，但他是如此强硬，如此执着……”

“他一定是在我去学校之后，就不再把你的信转交给我了。”洛蒂想了想说，“在学校，女舍监会看我们所有的信。他一定阻止了她们把我的信寄给你。可是为什么呢？”

穆恩叹了口气：“我想我知道为什么。”

然后她告诉了洛蒂一些她从未知晓的事——在泰奥菲勒和伊泽贝尔的遗嘱中，他们明确表示，如果事实证明内瑟伯里夫妇的监护不尽如人意，则由卡米尔·圣雷米获得她孙女的全部监护权，并接管巴顿莱西。

“可为什么我不能一开始就和你一起生活呢？”洛蒂问

道，“我更喜欢这样。”

“你父母认为找个年轻点的监护人会更好一些。”穆恩解释说，“而且，他们认为你会更想待在英国的家。当然，他们从未想过这些是否是必要的……至于你的舅舅，把我们分开对他来说更有利。把你送走之后，他就能独享巴顿莱西，然后阻止你跟我说话，这样我就不会知道他对你有多残忍。我可怜的宝贝，你真的离开家这么久了吗？”

“四年半了。”洛蒂揉了揉自己的脸颊，然后小声问道，“穆恩，你不会送我回去吧？我可以来跟你一起生活吗？”

祖母紧紧地抱住她。

“我永远都不会把你送走的。”她轻轻地说，“我诚心诚意地向你保证。但现在，洛蒂，亲爱的，我需要你解释一下，你是怎么独自一人顶着这个奇特的发型，穿着这身奇怪的脏衣服，还带着你爸爸的戒指来到这里的？发生了什么事？”

洛蒂咧嘴一笑。

“如果我说出来，你肯定不会相信的。”她说，“不过首先，穆恩，我有很多人需要给你介绍一下……”

休伯特如期在下午晚些时候抵达了阿尔芒德。他发现艾伯特已经离开了，感到非常愤怒。他命令酒店看门人为他叫了辆出租车，然后直接去了悬崖上的房子，仍然执意要阻止洛蒂和她祖母的重逢。

他听到屋后有说话声，便沿着道路走了几步，透过树篱朝里面张望。

花园里正在举办聚会。他看到卡米尔·圣雷米坐在凉亭的沙发上，她看起来比他上次在他妹妹葬礼上看到时更老了，但还是那么令人敬畏。跟她坐在一起的……休伯特定睛一看……是洛蒂在大巴顿的家教。

两个女人看上去都非常严肃。休伯特感到很不快，不禁猜想她们是否正在谈论他。

他的视线越过她们，望向远处的草坪。那里正在进行一场喧闹的滚球赛，领头的是一个戴着一个眼罩、衣衫不整但容貌英俊的男人。而在比赛场的中心，他看到了他那衣着丢人现眼、发型不堪入目的外甥女。

休伯特想，虽然不大确定，但或许还有机会可以让她回去。只要有足够的信心，他就可以大步走进花园，命令她离开。毕竟，他仍然是洛蒂的法定监护人……

从树篱的另一边传来了咆哮声。他低头一看，认出了那只在巴顿莱西被他下令枪毙的太妃糖色小狗。

“嘘！”休伯特发出嘘声，“走开！快走！”

但费德里科没有安静下来，也没有走开。相反，它开始放声大叫。洛蒂闻声抬起头，看到了她的舅舅，脸色顿时变得苍白。本注意到之后，走到她身边。

“如果你想的话，我们可以暴打他一顿。”他小声说，

“我们人手很足。”

但洛蒂摇了摇头。然后，她抬起下巴，直视她舅舅的眼睛。

“不必了，”她微笑着说，“我已经打败他了。”

尾声：本和洛蒂

聚会一直持续到晚上。蛋糕和茶摇身变成了香槟和三明治。现在管家珍妮正和亨利及克拉拉在厨房的柜子里翻找晚餐的材料，弗兰克在草坪上睡觉，萨姆和穆恩在与小狗们玩耍。洛蒂、本和费德里科一起穿过树篱，溜到了悬崖边上。他们在那里找到了一条穿过树林的小路，它可以通往一个可以俯瞰河流的岩脊。

“这是爸爸小时候的秘密基地。”洛蒂说，“我们过去常来这里看日落。没有他的陪伴回到这里，感觉太奇怪了。不要往下看，你会头晕的。”

“在经历了这么多之后，我想这点头晕还是可以应付的。”本嘲笑道。但由于从悬崖到河边的坡又高又陡，他还是把背紧紧靠在了崖壁上。

他们沉默惬意地坐了一会儿，看着下面河流上的船只，费德里科则在悬崖顶上探索。

“我们走了好长的路啊。”洛蒂最后说，“运河、泰晤士河、英吉利海峡……”

“修道院、医院、河流……”

“本，你刚刚看到上尉和克拉拉牵手了吗？”

“看到了。”本说，“我还挺高兴的。”

“还有珍妮看到小狗后开心坏了，还有弗兰克喝了好多香槟……”

“这就是他睡觉的原因吗？”本咧嘴笑了。

“还有费德里科和穆恩是多相亲相爱呀。可爱的费德里科，终于有个像样的家了。”

他们再次陷入了沉默，但现在的沉默不同，因为他们的生活发生了翻天覆地的变化，而他们还没有谈及这个问题。

“可怜的雀鹰号。”本说。

“你会把它找回来吗？”洛蒂问，“这有可能吗？”

“萨姆明天会去跟河道局谈谈。”本说，“但这不太可能，而且即使找回来了，它也无法再次横渡英吉利海峡了。不过，我们必须回到英国去。萨姆实际上还没有从部队里退伍，他说还有些书面工作要做，然后他还得找一份工作，我也得去上学，我们得找个地方住下来，但我不想去。”

“我也得去上学。”洛蒂叹了口气说，“不过如果我每天都能回家，可能就不会那么糟糕了。噢，本！”

“这不是告别。”本坚定地说，“我不会让它发生的。如果有必要，我还会再逃跑的！”

“不，本，听着！我有个好主意。如果穆恩说得没错，她可以成为我的监护人，让休伯特舅舅搬出巴顿莱西的话，你就可以和萨姆，还有扎奇一起住在那里了！”

“我和萨姆，住在巴顿莱西？”本笑了起来，“你觉得你的祖母会同意吗？”

“为什么会不同意？”洛蒂问道，“那是我的房子。”

“你舅舅绝对不会同意的。”

“我们会让他们同意的。”洛蒂说，“你和我，我们以前成功过。我们永远都不会告别的，即使我们住在不同的国家。而且，本，听着。离开学还有整整一个夏天，穆恩说你想在这里待多久都可以。还有，你看……”

“看哪里？”

“你能靠过来一点吗？你看到下面那栋楼了没？”她指着河边一栋低矮的木结构建筑，“那是一个船库，里面有一艘我爸爸的旧船，就是我们第一次见面时我告诉你的那艘。但它只是一艘划艇，不像雀鹰号那么精美。但穆恩说，只要稍微加工一下，就绝对可以开出去。她甚至觉得我们可以安装一个发动机。弗兰克可以帮我们装，刚好他在等他的小狗长大点儿好带回英国。穆恩说，如果我们想要这艘划艇的话，这个夏天它就是我们的了。好吧，不只是这个夏天，永远都是。你觉得怎么样，本？你知道吗？如果我们继续往西边走，就能到达海边了。那里有像泰晤士河那样的沼泽地，还有巨大的海滩，在每年合适的时间，还有海豹……”

本听着，他的头轻轻靠着洛蒂的头。她继续说呀说，描绘着她的计划。

住在巴顿莱西！在法国过暑假！海豹，一直往西走到海边去！

这太疯狂了。这太荒唐了！这太……无法抗拒了。

远处，落日余晖照亮了水面。